Patricia Schröder

Philippas verkehrte Welt

cbj

DIE AUTORIN

Patricia Schröder, 1960 im Weserland geboren, wuchs in Düsseldorf auf, studierte Textildesign und arbeitete einige Jahre in diesem Beruf. Als ihre Kinder zur Welt kamen, zog sie in den Norden zurück. Dort ließ sie sich mit ihrer Familie und einer Hand voll Tieren auf einer kleinen Warft nieder und fing an, sich Geschichten auszudenken. Patricia Schröder liegt besonders die Leseförderung am Herzen.

Von Patricia Schröder ist bei cbj erschienen:

»Lilly – Total verrückt und auch ganz anders« (Band 1, 15810)

»Lilly – Lampenfieber und kein bisschen leise« (Band 2, 15848)

»Milla & Emilia – Landei mit Liebeskummer« (Band 1, 22282)

»Milla & Emilia – Drei Jungs sind einer zuviel« (Band 2, 22324)

»Milla & Emilia – Freundinnen und andere Ungeheuer« (Band 3, 22356)

»Milla & Emilia – 100 Küsse und ein Schokomuffin« (Band 4, 22387)

»Plötzlich Zwilling« (22119)

»Eine Ginie zum Verlieben« (22423)

Patricia Schröder

Philippas verkehrte Welt

cbj

Kinder- und Jugendbuchverlag
in der Verlagsgruppe Random House

MIX
Papier aus verantwortungsvollen Quellen
FSC
www.fsc.org
FSC® C014496

Verlagsgruppe Random House FSC® N001967
Das für dieses Buch verwendete
FSC®-zertifizierte Papier *Pamo House*
liefert Arctic Paper Mochenwangen GmbH.

1. Auflage
Erstmals als cbj Taschenbuch Juni 2015

Lektorat: Maren Jessen
Umschlagbild und Vignetten: Dagmar Henze
Umschlaggestaltung: basic-book-design;
Karl Müller-Bussdorf
cl · Herstellung: ReD
Satz: Uhl + Massopust, Aalen
Druck: GGP Media GmbH, Pößneck
ISBN 978-3-570-22532-5
Printed in Germany

www.cbj-verlag.de

Ringelmützenstreit

Ist es dir schon mal passiert, dass dein Leben von heute auf morgen vollkommen durcheinandergeschüttelt wurde? Ich meine *richtig* durcheinander? Sodass am Ende kein Stein mehr auf dem anderen lag und du nicht einmal mehr wirklich sicher sein konntest, ob du nun Philippa heißt oder Ottilie oder gar Chrysantheme? Und alles nur, weil es im Oberstübchen einer Krankenschwester ein paar Kurzschlüsse gegeben hat?

Aber lass mich von vorn beginnen. Bis Mitte Juni dieses Jahres dachte ich nämlich noch, dass mein Name das Ungewöhnlichste in meinem Leben sei. – Philippa!

So hießen Katzen, alte Tanten, Feen und vielleicht auch Prinzessinnen, aber keine fast zwölfjährigen Mädchen, die weder blonde Locken und Flügel noch Runzeln oder Fell besaßen.

Okay, wenn ich es mir hätte aussuchen können, hätte ich mich für das Fell entschieden und wäre als Katze ins Reich meiner besten Freundin Mariel eingezogen. Dann hätten wir genauso wie meine Katze Limette und ich Tag und Nacht zusammen sein können. Sie hätte mich gestreichelt und mit Leckerlis gefüttert und mir alles erzählt, was ihr auf der Seele brennt. Als

Katze wäre ich natürlich nicht in der Lage gewesen, etwas dazu zu sagen oder Mariel irgendwelche Ratschläge zu geben, aber immerhin hätte ich geduldig zuhören und im Falle eines Falles schnurrend Trost spenden können.

Vor allem aber hätte Mariel sich um mich kümmern müssen. Sie hätte nicht mehr sagen können: »Och nö, heute habe ich doch keine Lust auf dich«, und dann einfach unsere Verabredung platzen lassen, weil sie lieber vor dem Computer sitzen und *Sims* spielen oder mit Arletta und deren dusseligen Freundinnen abhängen wollte.

Tja, zwischen Mariel und mir lief es in dieser Zeit im Frühjahr leider nicht gerade perfekt. Und das fühlte sich nicht nur ziemlich dämlich, sondern total verkehrt an. Immerhin kannten wir uns schon seit unserer Geburt.

Na ja, zumindest waren wir im selben Krankenhaus zur Welt gekommen, Mariel allerdings eine Woche später als ich. Aber unsere Mütter waren damals von derselben Hebamme betreut worden, und die war es am Ende auch, die uns zusammengebracht hatte, indem sie Mama und Birgitta denselben Rückbildungsgymnastikkurs empfahl.

Eigentlich müsste ich dieser Frau dankbar sein, denn ohne sie hätte ich Mariel wahrscheinlich nie kennengelernt.

Mariels Mutter Birgitta und Mama verstanden sich damals jedenfalls auf Anhieb. Nach dem Gymnastikkurs schleppten sie uns mit schöner Regelmäßigkeit in unseren bunten Tragetüchern ins *Café Luffo*, um uns bei einer Tasse Tee oder einem süßen Malzbier zu stillen und über Gott und die Welt zu reden.

Schon bald trafen sie sich mehrmals in der Woche, und letztendlich war es nur logisch, dass Mariel und ich später in dieselbe Krabbelgruppe, denselben Kindergarten, dieselbe Grundschule und vor knapp anderthalb Jahren schließlich auch auf dieselbe Gesamtschule gekommen waren.

Mariel und ich waren wie Schwestern und gleichzeitig wie beste Freundinnen, und bis auf ein paar kurze, heftige Streits verstanden wir uns immer supergut. Bis sie völlig überraschenderweise auf Arlettas Geburtstagsparty eingeladen worden war – und tatsächlich hinging. Ohne mich, versteht sich. Es war mir verdammt schwergefallen, aber ich hatte mich zusammengerissen und ehrlich versucht, ihr keine Vorwürfe zu machen und auch sonst keine Show abzuziehen. Insgeheim hatte ich nämlich gehofft, dass sie Arletta und ihre beiden Großkotzfreundinnen Tiffany und Neomi, die wir aus der Badmintongruppe kannten, hinterher noch ätzender finden würde und wir dann so richtig über sie ablästern könnten. Doch Pustekuchen! Plötzlich war dieses bescheuerte Ich-krieg-alles-was-ich-will-und-trage-nur-die-teuersten-In-Klamotten das Maß aller Dinge.

»Phily«, hatte Mariel nämlich am Tag nach der Party zu mir gesagt, »wenn man es zu etwas bringen will, muss man mit den richtigen Leuten verkehren.«

Ich hatte sie angestarrt, als wäre sie nicht Mariel,

sondern ein Mädchen von einem anderen Stern, das zufälligerweise bloß so aussah wie meine beste Freundin. So ein krauses Zeug hatte sie nämlich noch nie von sich gegeben.

»Was soll das denn heißen?«, hatte ich erwidert und mir fast eine Delle in die Stirn getippt. »Etwa, dass ich der falsche Umgang für dich bin?«

»Quatsch«, hatte Mariel geantwortet und fast so theatralisch, wie Arletta es immer tat, die Augen verdreht. »Was du immer gleich denkst!«

Ich hatte gefunden, dass es nicht ganz ehrlich klang, den fiesen Stich in der Brust aber tapfer ignoriert.

»Außerdem hättest du ja mitkommen können«, hatte sie dann hinzugesetzt.

»Was? Zu Arlettas Party?«

»Klar.«

»Aber ich war doch überhaupt nicht eingeladen.«

»Na und.« Mariel hatte ihre langen braunen Haare zurückgeworfen und mich in die Seite geknufft. »Du bist doch meine Freundin.«

Sie hatte ihr typisches glucksendes Mariel-Lachen gelacht und mich an sich gedrückt, und plötzlich war es wieder da gewesen, dieses wunderbare Zusammengehörigkeitsgefühl, das uns seit unserer Geburt miteinander verband. Mariel und ich, die Schulbrote, Zahnbürsten und Socken miteinander teilten, die dieselben Kinofilme und Bücherreihen liebten, auf Klassenreisen immer bis in die frühen Morgenstunden wach blieben und sich gemeinsam gegen die frechsten Jungs zur Wehr setzten.

Am schönsten aber waren die Stunden im Schrebergarten von Mariels Tante Susanne, Birgittas Schwester. Dort hatten Mariel und ich Schnecken gezüchtet, verwundete Schmetterlinge verarztet, nach Schätzen gegraben oder im Anschluss an ein schweißtreibendes Federballspiel einfach nur faul in der Sonne gelegen.

Bei dem Gedanken daran war mir ganz plüschig ums Herz geworden, und plötzlich hatte ich es kaum noch erwarten können, dass es endlich Frühling wurde und wir wieder in den Schrebergarten fahren konnten. Vielleicht würde Mariel dann endlich zur Besinnung kommen und kapieren, dass Arletta, Neomi und Tiffany einfach nur hohl in der Birne und außer zum *Sims*-Spielen oder in Modezeitschriften blättern kaum zu etwas zu gebrauchen waren.

»Weißt du was?«, hatte Mariel meine Träumereien unterbrochen und mich mit einem Schlag in die Wirklichkeit zurückgeholt. »Neomi hat doch in vier Wochen Geburtstag.«

»Ja und?«

»Na ja, sie wird dich natürlich auch nicht einladen.«

»Klar.« Ich legte sowieso keinen Wert darauf.

»Diesmal kommst du trotzdem mit«, hatte Mariel bestimmt gesagt, doch ich hatte ebenso energisch mit dem Kopf geschüttelt.

»Hach, und warum nicht?«, hatte Mariel daraufhin gestöhnt und mich mit einem Ruck wieder losgelassen.

»Ich mag Neomi nun mal nicht besonders.«

»Du kennst sie doch gar nicht richtig.«

Ach, verdammt, ich kannte sie gut genug, um zu wissen, dass ich sie niemals mögen würde. Sie, Arletta und Tiffany passten einfach nicht zu mir. Aber wie sollte ich das Mariel bloß klarmachen, wenn die mir nicht einmal richtig zuhören wollte und am Ende womöglich sogar noch beleidigt war?

»Sie kann mich doch auch nicht leiden«, hatte ich deshalb nur geantwortet.

»Logisch«, hatte Mariel voller Ungeduld zurückgegeben. »Weil du dich ihr, Arletta und Tiffy gegenüber immer so abweisend verhältst. Was sollen sie denn da auch denken!«

»Ach, jetzt bin ich also schuld, oder was?«

»Nein.« Abermals hatte Mariel die Augen verdreht. »So war das doch nicht gemeint. Ich weiß schon, dass es wegen der Klamotten ist. Aber deshalb musst du dich wirklich nicht schämen.«

»Hä?« In diesem Moment hatte ich gar nichts mehr begriffen.

»Na ja, in deinen ausgeleierten Pullis oder diesem T-Shirt, das du mit den komischen bunten Perlen bestickt hast, kannst du natürlich nicht zu Neomis Party gehen«, war Mariel mit einem fast mitleidigen Lächeln fortgefahren. »Am besten, ich leih dir was von mir, dann wird es garantiert keinem dort auffallen, dass du eigentlich nicht dazugehörst.«

Tja, und an diesem Satz hatte ich nun eine ganze Weile zu knabbern.

Drei Wochen vergingen, in denen sich allmählich alles veränderte, bis zwischen Mariel und mir nichts mehr so wie früher war. Plötzlich spielten Dinge eine Rolle, die bis vor Kurzem noch völlig unwichtig gewesen waren. Zum Beispiel die Einkommensverhältnisse und der Wohnort unserer beiden Familien. Damit verhielt es sich nämlich folgendermaßen:

Birgitta hatte drei Jahre nach Mariels Geburt in einem Versicherungsbüro einen Halbtagsjob als Schreibkraft angenommen und sich dort schnell bis in die Chefetage hochgearbeitet. Mama dagegen war noch zweimal schwanger geworden und hatte unsere Familie um meinen mittlerweile achtjährigen Bruder Krister und die inzwischen fünf Jahre alte Josefine – bereichert will ich nicht unbedingt behaupten, aber zumindest vergrößert. Um das Haushaltsgeld ein wenig aufzubessern, half sie zweimal in der Woche für ein paar Stunden in einem Blumenladen aus, und während Birgitta richtig Kohle verdiente, bekam meine Mutter am Ende des Monats gerade mal schlappe 400 Euro aufs Konto überwiesen.

Ganz ähnlich war es auch bei unseren Vätern.

Beide arbeiteten Vollzeit. Birgittas Mann Thomas als Rechtsanwalt in einer stadtbekannten Kanzlei und Papa als Taxifahrer. Dass auch zwischen ihren Gehältern ein himmelweiter Unterschied klaffte, kannst du dir wahrscheinlich denken.

Tja, und eigentlich war mir das alles auch völlig wurscht.

Ich hasste zwar meinen Namen, aber ich mochte mein Leben.

Ich mochte die kleine, gemütliche Wohnung, die sich in der Marillenstraße ganz in der Nähe der Innenstadt hinter einem prächtigen fünfstöckigen Jugendstilhaus verbarg und die man nur erreichte, wenn man sich durch einen engen, stockfinsteren Torweg wagte.

Dahinter tat sich ein gepflasterter Innenhof auf, der rechts und links von efeuberankten Mauern begrenzt wurde und in dessen Mitte eine riesige Kastanie ihre prächtige Krone in den Himmel reckte.

Unsere Wohnung lag über einer Schusterwerkstatt, die der alte Herr Lumme seit einigen Jahren allerdings nur noch hobbymäßig betrieb. Man erreichte sie über eine überdachte Holztreppe und stand, gleich nachdem man den winzigen Flur passiert hatte, in der Küche.

Von dort aus ging es rechts durch eine Tür geradewegs in mein Zimmer, während sich der Rest der Wohnung auf der anderen Seite von der Küche befand.

Meine Geschwister Krister und Josefine teilten sich den größten Raum. Der zweitgrößte war unser Wohnzimmer und der kleinste das Elternschlafzimmer. Dort passten gerade mal ein Bett und ein schmaler Kleiderschrank hinein. Das Bett stand an der Wand, sodass Mama immer, wenn sie nachts aufs Klo wollte, über meinen Vater hinwegsteigen musste.

Ich hätte das nervig gefunden und war froh, dass

ich meine Ruhe hatte, sobald ich meine Zimmertür hinter mir zugemacht hatte. Hier konnte ich auf dem Bett liegen und Musik hören, lesen, grübeln und nach Herzenslust mit Limette kuscheln.

Ich mochte mein Zimmer mit den zusammengewürfelten Möbeln, den bunten Kissen und dem großen Fenster in der Decke. Schien die Sonne, schickte sie ihre Strahlen in jeden Winkel und brachte den orangefarbenen Teppichboden so richtig zum Leuchten. Regnete es, sah ich den Tropfen zu, wie sie auf das Glas herunterprasselten und sich dort in bizarre Spritzfunken verwandelten. Das konnte ich stundenlang tun, ich fand es manchmal sogar spannender als Fernsehgucken oder am PC zu hängen und irgendwelche dämlichen Spiele zu spielen. – Womit wir wieder beim Thema wären, nämlich bei Mariel und mir und unserer etwas kompliziert gewordenen Freundschaft.

»Ich weiß echt nicht, wo das Problem ist«, sagte sie an einem Nachmittag Mitte März.

Es war ein Donnerstag und es war ziemlich kalt draußen. Gefühlt ungefähr minus 2 Grad. Wir kratzten in den Startlöchern zum Badminton, und es ging darum, dass Mariel nicht wollte, dass ich meine selbst gestrickte Ringelmütze aufsetzte. Gerade hatte sie sie mir vom Kopf gerissen und hinter meine Kommode gepfeffert.

»Das Problem ist, dass ich keine andere habe«, knurrte ich, während ich die Kommode von der Wand zerrte. Die Mütze war nämlich dazwischen stecken geblieben.

»Ich habe auch keine auf«, erwiderte Mariel. »Falls es dich interessiert.«

Sie stand in der offenen Zimmertür, hatte die Hände in die Taschen ihrer neuen superstylischen S.Oliver-Übergangsjacke geschoben und wippte ungeduldig mit dem Fuß.

»Was hat denn das eine mit dem anderen zu tun?«, fragte ich und quetschte meinen Arm in den schmalen Spalt, den ich inzwischen geschaffen hatte. Mit den Fingerspitzen bekam ich meine Mütze zu fassen. Ich zog sie hervor, pflanzte sie mir auf mein dünnes straßenköterblondes Haupthaar und drückte die Kommode mit meinem Hintern an die Wand zurück. »Ich habe jedenfalls keine Lust, mir die Ohren abzufrieren.«

»Nächste Woche ist Frühlingsanfang«, sagte Mariel und setzte eine Besserwissermiene auf.

»Das Wetter scheint sich nicht darum zu scheren«, erwiderte ich und zwängte mich an ihr vorbei in die Küche, wo Limette vor ihrer halb leer gefressenen Schale saß und mich ansah, als würde sie auf der Stelle tot umfallen, wenn sie nicht sofort etwas Frisches aus der Dose dazubekam.

Da Mama gerade nicht in der Nähe war, tat ich ihr den Gefallen.

»Möchtest du vielleicht auch noch die Blumen gießen?«, stöhnte Mariel.

»Nö.« Ich schüttelte den Kopf. »Wieso?«

Mariel stöhnte noch einmal. »Ach, nur so.«

Ich fand, dass sie in letzter Zeit ein bisschen sehr viel

stöhnte, sparte mir allerdings, das anzumerken, und deutete stattdessen auf die pinkfarbene Kuckucksuhr, die neben dem alten Bauernschrank an der Wand hing. »Wir haben noch Zeit ohne Ende, falls du das meinst.«

»Haben wir nicht«, erwiderte sie. »Arletta, Tiffy und Neomi warten auf mich.«

Für ein paar Sekunden erlitt ich einen Atemstillstand, gab mir jedoch redlich Mühe, mir nichts davon anmerken zu lassen, sondern spazierte an meiner Freundin vorbei in den Flur und nahm meinen Steppmantel vom Haken.

»Das ist jetzt nicht dein Ernst«, sagte Mariel.

»Was meinst du?«

»Den Mantel.«

»Verdammt noch mal, auf den Feldern liegt immer noch Schnee!«, fauchte ich sie an. Ich wollte das gar nicht, es passierte einfach.

»Wir haben keine Felder in der Stadt«, gab Mariel frostig zurück. »Also entscheide dich: Mütze und Mantel … oder ich geh allein.«

Fassungslos starrte ich sie an. Ich begriff einfach nicht, wie sie so etwas sagen konnte. Vor allem aber kapierte ich nicht, warum sie es tat. Ich meine, kein Mensch stellt einen vor eine solche Entscheidung. Soll ich vielleicht nackt gehen?, lag es mir auf der Zunge zu fragen. Aber irgendwie brachte ich keinen Ton heraus, sondern stand wie einbetoniert da, die Ringelmütze auf dem Kopf und den Steppmantel in der Hand, und allmählich dämmerte mir, dass das Ganze irgendwie mit unserem letzten Gespräch über Neomis Party und meine Klamotten, für die ich mich angeblich schämte, zu tun haben musste.

»Okay, ich geh dann mal«, sagte Mariel, und ehe ich mich wieder gefangen hatte, war sie auch schon verschwunden.

»Die hat doch ’n Sockenschuss«, vernahm ich die Stimme meines Bruders hinter mir.

Ich wirbelte herum.

Krister und Josefine lehnten nebeneinander im Türrahmen.

»Mariel ist doof«, brachte meine kleine Schwester die Sache auf den Punkt.

»Scheiße«, sagte ich. »Habt ihr etwa die ganze Zeit gelauscht?«

Josefine zuckte mit den Schultern. »Nicht die ganze.«

»Und Scheiße sagt man nicht«, klärte Krister mich auf.

»Wieso? Du sagst es doch auch«, erwiderte ich, dann fing ich an zu heulen.

Josefine musterte mich forschend. »Mariel ist echt total doof«, bekräftigte sie schließlich und machte ein mitleidiges Gesicht.

»Also wegen der würde ich nicht heulen«, riet Krister mir.

»Danke«, schluchzte ich. »Ihr seid wirklich süß.«

»Wir sind ja auch deine Geschwister«, murmelte Josefine. »Aber jetzt müssen wir raus«, fügte sie etwas lauter hinzu. »Hinter der Kastanie warten Lotugo,

Blizzi und Flominga auf uns. Limette kann dich ja so lange trösten.«

Den Ratschlag meiner Schwester beherzigte ich, den meines Bruders nicht. Eine geschlagene Stunde hockte ich – die leicht genervte Limette fest umklammert – auf meinem Bett und flennte mir die Seele aus dem Leib.

Ich hasste Mariel. Ich hasste Badminton. Ich hasste Arletta, Tiffany und Neomi. Ja, und am Ende hasste ich sogar meine selbst gestrickte Ringelmütze. Am liebsten hätte ich sie zusammen mit meinen ausgeleierten Pullis und dem perlenbestickten T-Shirt aus dem Fenster geworfen. Doch dann stieg plötzlich eine ungeheure Wut in mir hoch. So weit kam es noch, dass ich wegen Mariels komischer Einstellung auf meine geliebten Sachen verzichtete!

Mit der Wut versiegten schließlich die Tränen und der in unserer Familie vorherrschende Pragmatismus gewann wieder die Oberhand. Ich entschuldigte mich bei Limette dafür, dass ich sie so nass geheult hatte, und rubbelte sie mit einem Handtuch trocken.

Danach beschloss ich, ein neues Leben anzufangen. Ein Leben ohne Badminton und ohne Mariel. Es würde ein freudloses und unsagbar ödes Leben sein, und ich konnte nur hoffen, dass Mariel baldmöglichst zur Besinnung kam und dem Ganzen ein Ende bereitete, indem sie mich um Verzeihung oder zumindest um eine Aussprache bat.

Tja, was soll ich sagen? An diesem Tag war ich wirklich naiv, aber da konnte ich ja auch noch nicht ahnen, wie sehr mein altes Leben tatsächlich auf den Kopf gestellt werden würde – und dass Mariel damit nichts, aber auch gar nichts zu tun hatte.

Tatsächlich begann es ganz unmerklich an eben diesem Abend Mitte März.

Nachdem ich mir literweise kaltes Wasser ins tränenverquollene Gesicht geschaufelt hatte, half ich meiner Mutter beim Zubereiten des Abendbrots. Ich hatte sie gehört, als sie so gegen halb sechs heimgekommen war, und zum Glück nahmen Krister und Josefine sie sofort in Beschlag, sodass sie mich zunächst nicht sonderlich beachtete.

Möglichst unauffällig tappte ich zwischen Bauernschrank, Tisch und Kühlschrank hin und her, suchte Teller, Besteck und Gläser zusammen, packte Käse, Wurst und Butter aus und säbelte eine Gurke in Scheiben, während meine Geschwister um meine Mutter herumschwirrten und ihr von den haarsträubenden Abenteuern erzählten, in die sie mit Lotugo, Blizzi und Flominga geraten waren.

Innerhalb von zwei Stunden hatten sie die Erde umrundet, waren zum Mond und zum Jupiter geflogen und hatten einen bösen Piraten besiegt, der ihr Schiff gekapert hatte und Lotugo, Blizzi und Flominga in einen alten Turmkerker sperren wollte – was Krister und Josefine im letzten Augenblick jedoch noch hatten verhindern können.

Ich lauschte ihren Geschichten, schmunzelnd, aber

auch ein bisschen wehmütig. Diese imaginären Freunde, die stets zu jeder Schandtat bereit waren und immer zusammenhielten, waren schon eine feine Sache. Selbst wenn Krister und Josefine sich mal für einen Nachmittag verkrachten, Lotugo, Blizzi und Flominga waren trotzdem immer da. Notfalls verdoppelten sie sich sogar, damit sie gleichzeitig mit meinem Bruder und meiner Schwester spielen konnten. Wirklich zu schade, dass ich bereits aus diesem Alter heraus bin!, dachte ich und platzierte die große Holzplatte, auf der ich sämtliche Wurst- und Käsesorten verteilt hatte, in der Tischmitte.

»Sag mal, hast du heute nicht eigentlich Badminton?«, traf mich Mamas Frage wie ein Pistolenschuss in den Rücken.

»Ähm … nö … also …«, fing ich an zu stammeln.

»Doch, hat sie«, kam mir mein Bruder zuvor. »Aber Philippa ist nicht hingegangen, weil Mariel sich wie eine blöde Kuh benommen hat.«

Ich hätte Krister nur zu gern meine Dankbarkeit erwiesen, indem ich ihn erwürgt hätte, aber da meine Mutter direkt neben ihm stand, musste ich diesen Plan gezwungenermaßen auf später verschieben.

»Oh«, sagte Mama und musterte mich mit ihrem berühmten Röntgenblick. »Habt ihr euch schon wieder gestritten?«

»Was heißt hier denn schon wieder?«, blaffte ich.

»Na, so richtig gut kommt ihr in letzter Zeit ja nicht miteinander aus«, plapperte meine Mutter nun munter drauflos. »Birgitta hat mir erzählt, dass Mariel sich mittlerweile mehrmals in der Woche mit drei anderen Mädchen aus der Badmintongruppe trifft.«

Toll! – Toll! Toll! Toll! Genau das wollte ich hören. Es ist ja so ungemein hilfreich, wenn die Mütter bester Freundinnen ebenfalls beste Freundinnen sind. Diese Konstellation kann ich nur empfehlen. Wirklich!

»Ach, mein Mäuschen«, sagte Mama jetzt. »Glaub mir, das wird schon wieder. Schließlich kennt ihr euch seit eurer Geburt.«

»Tun wir nicht«, stellte ich knurrend klar. »Außerdem möchte ich da auch nicht drüber reden.«

»Macht nix«, meinte Josefine. Sie schubberte sich mit ihrem abgewetzten Kuschelmuschelhasen unter dem Kinn entlang und wippte dabei von einem Bein aufs andere. »Ich erzähl Mama das schon.«

»Tust du nicht!«, zischte ich.

»Tu ich wohl!«

Argh! In meinem Bauch platzte eine Wutbombe, und vor meinem geistigen Auge erschien das Bild von zwei kleinen Kindern, die mit Würgemalen an den dünnen Hälsen vor mir davonrannten.

»Am besten, ihr lasst Philippa jetzt mal in Ruhe«, sagte Mama. Sie bedachte mich mit einem verständnisvollen Blick und schob Josi und Krister auf ihre Stühle zu. »Setzt euch schon mal hin und macht euch ein Brot. Papa müsste jeden Augenblick hier sein.«

Ich ließ mich ebenfalls auf meinen Platz sinken und sagte: »Mariel findet mich peinlich.«

Wie ich meine Mutter kannte, würde sie sowieso spätestens, wenn sie Krister und Josefine den obligatorischen Gutenachtkuss gegeben hatte, noch einmal nachhaken, was es denn mit dem Streit zwischen der Tochter ihrer besten Freundin und mir auf sich hatte, und ich wollte meinen Geschwistern auf keinen Fall die Gelegenheit geben, die Geschichte jetzt noch weiter dramaturgisch auszuschmücken.

Mama, die gerade im Begriff war, eine Apfelsaftflasche zu öffnen, sah mich empört an. »Aber das ist doch Unsinn!«

»Sie wollte nicht, dass ich mit meiner Ringelmütze und dem Steppmantel zum Badminton gehe«, präzisierte ich.

»Das stimmt«, pflichtete Krister mir bei.

»Und dann ist sie einfach abgehauen«, verkürzte Josefine das Ganze, wofür ich ihr ausnahmsweise tatsächlich dankbar war. »Mariel ist nämlich eine doofe Kuh.«

»Josi!«, sagte meine Mutter streng. »So etwas möchte ich hier am Tisch nicht hören.«

»Sie hat aber recht«, beharrte Krister. Er sprang von seinem Stuhl hoch, machte einen langen Schritt rückwärts in die Küchenmitte und stellte sich dort kerzengerade auf. »Mariel ist eine ultradoofe Blödkuh«, sagte er so, als würde er das Gedicht von Knecht Ruprecht vortragen. Dann entspannte er sich, schlüpfte hastig auf seinen Platz zurück und rief: »Ich hab's nicht am Tisch gesagt!«

Ich konnte mir ein Grinsen nicht verkneifen. Unauffällig zwinkerte ich Krister zu. Dies war einer jener eher seltenen Momente, in denen ich meine Geschwister aufrichtig liebte und einfach nur glücklich war, dass es sie gab.

Auch Mama schmunzelte in sich hinein, guckte zwei Sekunden später aber schon wieder bierernst. »Ich möchte so etwas *überhaupt* nicht hören«, betonte sie. Und damit war das Thema Mariel vorerst erledigt.

Ich schenkte zur Hälfte Apfelsaft in unsere Gläser und meine Mutter füllte sie mit Mineralwasser auf. Schweigend begannen wir zu essen.

Kristers Blick wanderte immer wieder zum Fenster hinüber, durch das man in den Innenhof sehen konnte. Es dämmerte bereits, mein Vater würde also das Licht im Torweg anknipsen, wenn er kam.

»Wann kommt Papa?«, fragte Josefine, nachdem sie ihre Salamischnitte fast aufgegessen hatte.

»Ich weiß es nicht, Süße«, erwiderte Mama. »Vielleicht hat er zum Schluss noch eine besonders lange Tour. Und nur weil zu Hause sein Abendbrot auf ihn wartet, kann er seinen letzten Fahrgast ja schlecht auf halber Strecke aussetzen.«

Josi legte den Kuschelmuschelhasen neben ihren Teller mit dem Salamibrotrest und zog einen Flunsch. »Nicht bloß das Abendbrot«, nölte sie. »Wir warten auch.«

Sie hatte es kaum ausgesprochen, da klingelte das Telefon.

Meine Mutter horchte auf. »Vielleicht ist er das ja.«

Krister schnellte hoch, aber sie drückte ihn sofort auf seinen Stuhl zurück. »Ich gehe ran«, bestimmte sie, wischte sich mit ihrer Serviette über den Mund und verschwand im Wohnzimmer.

»Hier bei Bogenstedt, guten Abend«, hörte ich sie sagen. Kurz darauf lachte sie leise. Bei ihrem Gesprächspartner konnte es sich also nur um Papa handeln. Oder um Birgitta.

Krister, Josefine und ich spitzten die Ohren, aber Mama sprach so leise, dass wir kaum ein Wort verstehen konnten.

»Eine Kundin? Was denn… Ist das nicht ein bisschen seltsam?« – »…zuerst besprechen.« – »Wie lange, glaubst du, wird es noch…«, waren die wenigen Satzfetzen, die ich aufschnappte. Das Gespräch musste allerdings wesentlich länger gedauert haben, denn es vergingen noch ein paar Minuten, bis meine Mutter in die Küche zurückkam.

»Das war tatsächlich Papa«, sagte sie, während sie sich langsam wieder hinsetzte. Sie wirkte nachdenklich, fast schon beunruhigt.

Ich betrachtete sie verstohlen und spürte, wie sich ein komisches Gefühl in meinem Bauch ausbreitete.

»Was ist mit ihm?«, wollte Krister wissen. »Wieso ist er noch nicht hier?«

»Er… Er hat noch einen Termin«, antwortete Mama zögernd. »Das hat sich im Laufe des Tages so ergeben.«

»Was denn für einen Termin?«, fragte ich und bemühte mich, möglichst unaufgeregt zu klingen.

Meine Mutter zuckte die Schultern. »Na, ein Gespräch eben. Mit einer Kundin.«

»Und was ist daran so besonders?«, brummte mein Bruder. »Er hat doch den ganzen Tag Gespräche mit Kunden.«

»Schon.« Mama umschloss Kristers Hand mit ihrer und drückte sie leicht. »Dieses Gespräch scheint jedoch ein sehr wichtiges zu sein. Jedenfalls kommt Papa heute erst ziemlich spät heim.«

4 zu 1

Gleich nach dem Abendbrot machte ich mich bettfertig. Ich fand, einen Tag, an dem man seine beste Freundin verliert, ein neues Leben beginnt und der eigene Vater Dinge tut, die er sonst nie macht, sollte man nicht überstrapazieren. Und deshalb zog ich es vor, die letzten zwei bis drei Stunden, die mir noch bis zum Einschlafen blieben, möglichst ruhig und unspektakulär zu verbringen.

Ich warf nicht einmal mehr einen Blick auf mein Handy, um mich zu vergewissern, ob Mariel mir nicht vielleicht doch noch eine Versöhnungs-SMS geschickt hatte, sondern verkrümelte mich unter die Bettdecke und schlug *Laqua* auf, einen Fantasy-Schmöker, der in Venedig spielte und den Mama mir letzte Woche aus der Bücherei mitgebracht hatte. Die Kapitel waren kurz, und die Geschichte fesselte mich, sodass ich schon nach kurzer Zeit alles um mich herum vergaß und in eine andere Welt mit alten Gemäuern, Lagunenstraßen und einem geheimnisvollen Gondoliere abtauchte.

Als es an meine Tür klopfte, schreckte ich richtiggehend zusammen.

»Ja?«, krähte ich und ließ das Buch sinken.

Die Tür wurde geöffnet und meine Mutter schlüpfte ins Zimmer.

»Ich wollte dir noch Gute Nacht sagen.«

»Okay…« Erwartungsvoll sah ich sie an, denn ich spürte sofort, dass das nicht alles war.

Mama drückte die Tür ins Schloss, huschte zu mir herüber und setzte sich auf die Bettkante. »Es tut mir leid, dass du Streit mit Mariel hast«, sagte sie. »Ich verstehe, dass das wehtut… Und ich verstehe auch, dass du nicht darüber reden willst…«

Nicht einmal eine Sekunde später hing ich schluchzend in ihrem Arm.

Mama streichelte mir über den Rücken und wiegte mich sanft hin und her. Sie sagte kein Wort, versuchte weder mich mit blöden Phrasen zu trösten noch mir irgendwelche Ratschläge zu geben, sondern hielt mich einfach nur fest.

»Ich will Mariels Verhalten keinesfalls entschuldigen oder rechtfertigen«, meinte sie, nachdem ich mich ein wenig beruhigt hatte. »Aber sie scheint im Moment wirklich etwas durch den Wind zu sein. Birgitta hat mir erzählt, dass sie nach den Sommerferien unbedingt aufs Gymnasium wechseln will.«

»Ts! Wieso das denn?«, entfuhr es mir, dabei konnte ich es mir nur zu gut denken. Arletta, Tiffany und Neomi gingen nämlich ebenfalls aufs Gymnasium. Das Problem war nur: »Dort hat sie G8!«

»Das ist richtig«, bestätigte meine Mutter. »Sie müsste dort die sechste Klasse wiederholen. Oder einen Crashkurs in Französisch machen und von euren derzeitigen Lehrern die Empfehlung bekommen, einen Jahrgang zu überspringen.«

Ich trocknete mir die Tränen an meinem Pyjamaärmel und tippte mir an die Schläfe. »Das schafft sie doch nie!«

Mama strich mit sanfter Geste eine Strähne aus meiner Stirn und legte sie mir hinters Ohr. »Wir werden sehen«, meinte sie seufzend.

»Also, ich mache das nicht«, sagte ich und ließ mich ins Kissen zurückfallen.

Die Gesamtschule an der Elbroichstraße war zwar weiß Gott keine Eliteschule, aber ich mochte sie. Es gab tolle Lehrer dort und eine bunt gemischte Schülerschaft, die sich aus allen möglichen Nationalitäten zusammensetzte. Okay, es war nicht immer einfach, alle unter einen Hut zu kriegen, dafür wurde es aber auch nie langweilig. Außerdem hatte hier wirklich jeder eine Chance, selbst die, deren Eltern nicht bei den Schularbeiten helfen oder eine Nachhilfe bezahlen konnten, denn es gab für beinahe jedes Fach Förderkurse und in besonderen Härtefällen sogar eine individuelle Betreuung.

»Ich wusste, dass du dich nicht unterkriegen lässt«, sagte meine Mutter und küsste mich lächelnd auf die Nasenspitze. »Ich bin sehr stolz auf dich, meine Große. Und ich hab dich irre, irre lieb.«

»Und ich dich«, flüsterte ich und versank einen Moment lang im warmen Ausdruck ihrer großen blauen Augen, die zärtlich auf meinem Gesicht ruhten.

Meine Augen waren auch groß, aber nicht blau,

sondern von einem ungewöhnlich hellen Grün, womit ich in unserer Familie deutlich aus der Art fiel. Immer wenn wir auf Festen mit unserer weitläufigen Verwandtschaft zusammentrafen, rätselten Onkel, Tanten und Großeltern darüber, von welchem meiner Vorfahren ich diese ausgefallene Farbe wohl geerbt haben mochte. Bisher hatte niemand eine Erklärung dafür, einzig die gute alte Tante Traudel, die schon ein wenig schusselig war, meinte sich daran erinnern zu können, dass auch unsere Urgroßmutter Frieda grüne Augen gehabt habe.

Mir persönlich war das Ganze vollkommen piepegal. Ich mochte meine Augenfarbe, denn sie war ein hübscher Gegensatz zu meinem faden Haarton. Krister und Josefine hatten diesbezüglich mehr Glück gehabt und Mamas wunderschönes Weizenblond geerbt, während bei mir Papas Kastanienbraun offenbar ein wenig mitgemischt hatte.

Beim Gedanken an ihn und sein *wichtiges Gespräch* geriet ich wieder ins Grübeln. Ich drehte den Kopf und schielte auf meinen Wecker. Du lieber Himmel, es war ja schon zwanzig nach neun!

»Ist er mittlerweile eigentlich heimgekommen?«, fragte ich leise, nachdem ich tief Luft geholt hatte.

Mama runzelte die Stirn. »Wer?«

»Na, Papa.«

Sie strich mir flüchtig über die Wange. »Nein. Wenn ich ihn richtig verstanden habe, kann das auch noch ein Weilchen dauern.«

»Was ist denn das für eine komische Kundin?«,

fragte ich. »Er hat doch wohl keine … ich meine …?« Ich schaffte es einfach nicht, diese Ungeheuerlichkeit auszusprechen.

»Nein, hat er nicht«, kam Mama mir zu Hilfe, und jetzt lächelte sie wieder und kniff mir liebevoll in die Nase. »Was denkst du nur!«

»Dann sag mir doch bitte, was das für ein Termin ist«, bettelte ich. »Wieso redet er mitten in der Nacht mit einer wildfremden Kundin?«

Meine Mutter wandte die Augen zum Dachfenster hinauf und seufzte.

»Eigentlich habe ich ihm versprochen, euch noch nichts davon zu erzählen.«

»Mama … bitte!«, flehte ich. »Ich kann sonst garantiert nicht einschlafen.«

Sie musterte mich forschend. »Also gut«, lenkte sie schließlich ein. »Deinen Geschwistern sagst du aber vorerst nichts davon. Die werden es noch früh genug erfahren.«

»Was denn?« Plötzlich war ich so aufgeregt, dass ich am liebsten aus dem Bett gesprungen und im Zimmer auf und ab gelaufen wäre.

»Eine Dame, die er vor einiger Zeit zum Flughafen gefahren hat, war heute wieder seine Kundin.«

»Na, das ist ja ein Zufall!«, rief ich. »Und?«

»Sie hat ihm einen Job angeboten.«

Ich merkte, wie meine Augen immer größer wurden. »Und?«, fragte ich noch einmal. »Ist er cool? Wird Papa ihn annehmen?«

»Das wissen wir noch nicht«, sagte Mama. »Das

Ganze scheint nämlich mit gewissen Auflagen verbunden zu sein, die uns alle betreffen.«

Mein Argument, dass ich nicht einschlafen könnte, wenn ich nicht wüsste, warum mein Vater heute so lange wegblieb, war jetzt natürlich hinfällig, denn nun kriegte ich wegen dieser *gewissen Auflagen* die halbe Nacht kein Auge zu. Bedauerlicherweise hatte Mama sich darüber nämlich nicht näher auslassen wollen, jedenfalls nicht, bevor sie von Papa Genaueres erfahren würde.

Eines war mir allerdings jetzt schon klar: Der Job musste interessanter sein als den ganzen Tag Taxi zu fahren – und wahrscheinlich auch besser bezahlt. Doch worin, zum Teufel, mochten bloß die damit verbundenen Auflagen bestehen? Darüber zermarterte ich mir das Gehirn, während ich mich in meinem Bett hin und her warf und dabei die Bettdecke zu einer dicken Wurst verarbeitete, doch leider fielen mir zu diesem Thema nur sehr wenig erbauliche Dinge ein.

Vielleicht würde mein Vater bei dieser Frau mehr und länger arbeiten müssen als bisher oder der neue Job beschränkte sich auf die Nacht, was bedeuten würde, dass wir Papa in Zukunft kaum noch zu Gesicht bekämen. Noch schrecklicher wäre es allerdings, wenn er viel reisen müsste, beziehungsweise sein Arbeitsplatz sich in einer ganz anderen Stadt oder sogar in einem anderen Land befände.

Das wollte ich um jeden Preis verhindern, und so spitzte ich angespannt die Ohren, damit ich auf keinen Fall verpasste, wann mein Vater nach Hause kam.

Ich wartete und lauschte und lauschte und wartete. Zwischendurch warf ich immer wieder einen Blick auf meinen Wecker. Es wurde halb elf, elf, halb zwölf … Tja, und irgendwann zwischen halb zwölf und Mitternacht fielen mir die Augen zu, und dann wurde das Ohrenspitzen wohl so anstrengend, dass ich doch einschlief.

Ein lautes Klirren, gefolgt von einem Aufschrei ließen mich hochfahren. Es war taghell in meinem Zimmer. Wolkentrübes Licht fiel durch das Dachfenster auf mich und meine Habseligkeiten herab und von nebenan drangen aufgeregte Stimmen durch die geschlossene Zimmertür.

Mit einem Satz sprang ich aus dem Bett, mit dem nächsten stand ich in der Küche.

»Limette hat die Obstschale runtergeschmissen«, nuschelte Josefine, die barfuß und in ihrem rosa Blumennachthemd auf einem Stuhl stand und an ihrem Kuschelmuschelhasen herumkaute.

Äpfel und Orangen kullerten über den Fußboden, dazwischen lagen viele große und hunderttausend winzig kleine dunkelgrüne Glasscherben.

»Du bleibst in deinem Zimmer!«, rief Mama mir zu.

»Und du, Krister, wartest im Flur, bis wir die Scherben eingesammelt haben.«

»Wie spät ist es eigentlich?«, fragte ich.

»Ist doch egal«, sagte Josefine. Ihr hellblondes Haar war noch schlafzerzaust und der Blick aus ihren blauen Augen panisch auf den Boden gerichtet. Sie sah aus wie eine kleine wilde Hexe, die jeden Augenblick auf ihren Besen springen und zum Fenster hinaus verschwinden könnte.

»Wir gehen heute sowieso nicht zur Schule«, erklärte Krister mir.

»Und ich nicht in den Kindergarten«, ergänzte Josi.

»Aha, und wieso nicht?«

»Wegen Papaaa!«, krähten meine Geschwister im Duett.

»Wo ist er überhaupt?«, fragte ich, krallte mich am Türrahmen fest und beugte mich so weit wie möglich in die Küche, damit ich den ganzen Raum überblicken konnte.

»Er leert den Staubsaugerbeutel aus«, antwortete meine Mutter, die mittlerweile angefangen hatte, Äpfel und Orangen zur Seite zu legen und die größeren Scherben in eine Plastikschüssel zu sammeln.

Limette saß zwischen Kühlschrank und Getränkekiste und sah ihr interessiert dabei zu.

»Ich will nicht, dass er nachts arbeitet«, formulierte ich mein Anliegen, das ich eigentlich schon gestern Abend hatte vorbringen wollen. »Und ich will erst recht nicht, dass er in eine andere Stadt zieht oder in ein anderes Land.«

»Willi! Willi! Willi!«, krakeelte Josefine und warf den Kuschelmuschelhasen hoch in die Luft.

Krister sah mich erschrocken an. »Das will ich aber auch nicht!«

Unterdessen landete der Kuschelmuschelhase in der Schüssel mit den Scherben.

»Du bleibst da oben stehen!«, ermahnte Mama meine Schwester, die nun auf dem Stuhl herumstapfte und jaulend in Richtung Schüssel fuchtelte. »Ich will den Kuschimuschi zurück.«

»Willi, Willi, Willi«, ertönte da die Stimme meines Vaters, der sich in diesem Moment mit dem Staubsauger aus dem kleinen Flur in die Küche zwängte. »Wenn überhaupt, dann ziehen wir alle zusammen weg.«

»Waaas?«, brüllten Krister, Josi und ich wie aus einem Mund.

»Darüber sprechen wir gleich«, sagte Mama, die schon ziemlich genervt aussah. »Sobald alle Splitter beseitigt sind.«

Eine gute halbe Stunde später war es dann endlich so weit. Der kleine bunte Kuckuck in unserer Kuckucksuhr war gerade, nachdem er zehnmal »Kuckuck« gerufen hatte, wieder hinter seiner Tür verschwunden, und Mama, Papa, meine Geschwister und ich saßen ein wenig angespannt um den Küchentisch herum. Meine Mutter hatte uns noch rasch einen Kakao gekocht, doch keiner von uns wagte, ihn anzurühren, weil wir Angst hatten, womöglich etwas zu verpassen. Wie gebannt klebten unsere Blicke auf meinem Vater.

»Also«, begann er zögernd. »Das Ganze ist eine ziemlich verrückte Geschichte. Und ja, es geht tatsächlich darum, ob wir von hier wegziehen oder nicht.«

»Nein! Nein! Nein!«, riefen Josi, Krister und ich abermals wie aus einem Mund.

Papa hob seine Hand und schüttelte lächelnd den Kopf. »Es ist ja schön, dass ihr euch so einig seid«, meinte er. »Bevor ihr euch entscheidet, solltet ihr allerdings erst einmal ganz in Ruhe zu Ende anhören, was ich euch zu berichten habe.«

»Das finde ich auch«, sagte Mama und lächelte ebenfalls. »Wer weiß, vielleicht ändert ihr eure Meinung ja noch.«

Das konnte ich mir nicht vorstellen. Zumindest nicht, was mich betraf. Ich mochte mein Zuhause, verdammt! Ich wollte auf gar keinen Fall von hier weg. »Du weißt doch ohnehin schon alles«, gab ich murrend zurück.

»Irrtum«, widersprach meine Mutter. »Als euer Vater letzte Nacht nach Hause kam, habe ich bereits geschlafen. Und heute Morgen hatten wir noch keine Zeit, darüber zu sprechen.« Ich bemerkte ein aufgeregtes Blitzen in ihren Augen, als sie uns der Reihe nach ansah. »Ich bin also nicht weniger gespannt als ihr.«

»Okay«, sagte Krister und stupste meinen Vater kumpelhaft in die Seite. »Dann leg mal los.«

»Also gut«, fing Papa noch einmal von vorne an.

»Vor ungefähr drei Wochen hatte ich eine Tour vom Flughafen nach Kaiserswerth. Das ist eine ziemlich wohlhabende Gegend, und die Dame, die ich fuhr, wohnt in einer ganz besonders großen und schönen Villa mit einem riesigen Anwesen drum herum.«

»Ist das die Frau, bei der du arbeiten sollst?«, wollte Josefine wissen.

Mein Vater nickte. »Sie heißt Margarethe von Helsing, ist in etwa so alt wie Mama und ich und hat eine knapp zwölfjährige Tochter.«

»Hat sie auch einen Mann?«, bohrte Josi weiter. Der Kuschelmuschelhase hatte mittlerweile von ihrem Kakao gekostet und war jetzt total braun um die Nase herum.

Wieder nickte Papa. »Ja, einen Mann hat sie auch. Herr von Helsing ist jedoch geschäftlich viel unterwegs und daher leider nur sehr selten zu Hause. Seine Firma hat eine Niederlassung in Amerika und er reist um die ganze Welt.«

Krister stöhnte auf. »Das ist gut. Dann musst du das ja nicht machen.«

Jetzt lachte mein Vater so herzlich, dass seine grauen Augen Funken sprühten. »Da hast du absolut recht, mein Schatz, das muss ich nicht«, erwiderte er. »Im Gegenteil, ich soll Tag und Nacht auf dem Anwesen sein, mich um einen bestimmten Teil des Hauses und um die Autos kümmern. Außerdem wäre ich der Chauffeur von Frau von Helsing und ihrer Tochter und müsste darüber hinaus auch noch andere Fahrten erledigen.«

»Was für andere Fahrten?«, hakte mein Bruder sofort nach.

Klar, er interessierte sich für diesen ganzen Technikkram, in meinem Kopf war jedoch etwas ganz anderes und für meine Begriffe auch viel Entscheidenderes hängen geblieben: »Sagtest du Tag *und* Nacht?«

Mamas Blick flog zwischen mir und meinem Vater hin und her und wie so oft platzte Josefine als Erste heraus. »Das geht nicht«, sagte sie entschieden. »Wenn du immer bei Frau Kaiser bist, bist du ja nie mehr hier.«

»Sie heißt nicht Frau Kaiser, sondern Frau von Helsing«, betonte Krister.

»Na und«, schmollte Josefine. »Ich nenn sie aber so, weil das nämlich einfacher ist.«

»Auf dem Anwesen gibt es ein Gästehaus, in dem wir alle wohnen können«, fuhr mein Vater fort, ohne auf unsere Einwände zu achten. »Jeder hätte sein eigenes Zimmer, und ich würde fast das Dreifache von dem verdienen, was das Taxifahren einbringt. Davon abgesehen wäre die Arbeit sehr viel abwechslungsreicher und interessanter.«

In meiner Brust wurde es schrecklich eng, und für ein paar quälende Sekunden hatte ich das Gefühl, keine Luft mehr zu bekommen.

»Ich verstehe das alles nicht«, stieß ich schließlich hervor. »Wieso hat diese reiche Frau ausgerechnet dich für diesen Job ausgesucht?«

Auf Papas Stirn bildete sich die berüchtigte Grübelfalte, die weder senkrecht noch waagerecht verlief, sondern eine Zickzackform beschrieb und ein wenig an die Narbe von Harry Potter erinnerte.

»Tja, das ist mir ehrlich gesagt selbst ein Rätsel«, erwiderte er und sah schulterzuckend von einem zum anderen. »Ich glaube, ich war ihr einfach sympathisch«, meinte er schließlich und machte eine Geste, als wollte er sich dafür entschuldigen, dass er ein netter Mensch war. »Wir haben uns damals auf der Fahrt vom Flughafen zu ihrer Villa in Kaiserswerth sehr anregend unterhalten. Frau von Helsing war wirklich außerordentlich charmant. Sie wollte wissen, wie ich lebe, ob ich Familie habe und so weiter.«

»Und das hast du ihr alles erzählt?«, fragte ich in einer Mischung aus Verwunderung und Empörung.

»Ja, warum denn nicht?«, gab Papa zurück. »Sie hat schließlich auch über sich gesprochen.«

»Aber sie ist eine Fremde«, wandte ich ein.

»Vielleicht ja schon bald nicht mehr«, entgegnete er, während meine Mutter stumm vor sich hin nickte. Sie verzog keine Miene, und ich konnte beim besten Willen nicht aus ihrem Gesicht ablesen, was sie über diese Sache dachte.

»Ihr müsst doch zugeben, dass es ein ziemlich verrückter Zufall ist, dass ich Frau von Helsing gestern noch einmal chauffiert habe«, sagte Papa. »Bisher ist mir das noch nie mit einem Fahrgast passiert. Zumindest erinnere ich mich nicht daran.«

»Du hältst es also für einen Wink des Schicksals?«, meldete sich Mama nun endlich auch einmal zu Wort.

Wieder zuckte mein Vater nur mit den Schultern.

»Wieso bist du überhaupt so lange dort gewesen?«, fuhr ich ihn an. Ich wollte das nicht, aber in meinem Bauch brodelte es derart, dass ich mich einfach nicht unter Kontrolle hatte. Meine Gedanken rasten zu Mariel. Zu unserem Streit und dass ich gleich nicht einfach zum Telefon stürzen und mit ihr reden konnte. Ob sie sich überhaupt fragte, warum ich heute nicht in der Schule war?

Zum Glück reagierte Papa gelassen. »Weil Frau von Helsing mir alles ganz genau zeigen und erklären wollte«, erwiderte er. »Ihr schien sehr viel daran zu liegen, dass ich mir ein möglichst detailliertes Bild von meinem zukünftigen Aufgabenbereich machen kann.«

»Dann ist es also bereits entschieden«, entgegnete ich matt.

»Nein«, sagte Papa. »Das ist es nicht. Wir entscheiden das gemeinsam.«

Er stand von seinem Stuhl auf und holte den kleinen Zettelblock und fünf Stifte aus der Ablage auf der Anrichte. »Jeder hat eine Stimme und jede Stimme zählt gleich viel«, fuhr er fort, während er fünf Zettel vom Block trennte und sie und die Stifte an uns verteilte. Danach nahm er den Bierkrug mit dem silbernen Klappdeckel vom Regal, den Oma und Opa Lindewick uns aus ihrem Bayernurlaub mitgebracht hatten. »Was ihr unbedingt noch wissen solltet, ist, dass ich drei Monate Probezeit habe. Wenn ich also feststellen sollte, dass mir dieser Job nicht gefällt …«

»Oder uns die Villa?«, fiel Josefine ihm ins Wort.

»Richtig«, sagte Papa und zwinkerte ihr zu. »Möglicherweise findet auch Frau von Helsing nach ein paar Wochen, dass ich meine Arbeit nicht gut genug mache, und kündigt mir wieder.«

»Und dann hättest du gar nichts mehr, stimmt's?«, fragte Krister besorgt.

»Da hast du absolut recht.« Mein Vater seufzte leise. »Ich glaube allerdings, dass ich jederzeit wieder Taxi fahren könnte. Vielleicht würde ich mir dann sogar einen eigenen Wagen kaufen und mich selbstständig machen.«

»Cool!«, rief Krister und rieb sich die Hände.

Ich bedachte ihn mit einem finsteren Blick, was er aber natürlich ignorierte. Mein Bruder war schon immer risikofreudiger gewesen als ich. Ich brauchte mir also nichts vorzumachen: Er würde auf jeden Fall dafür stimmen.

»Und was ist mit Kuschimuschi?«, erkundigte Josefine sich mit kuschelmuschelhasenmäßiger Piepsstimme. »Darf der auch abstimmen?«

Ein Lächeln huschte über Mamas Gesicht. Liebevoll strich sie meiner Schwester über die Haare. »Natürlich dürft ihr euch miteinander beraten«, sagte sie. »Und dann zusammen ein Kreuz auf den Zettel machen ... oder eben nicht.«

»Das Kreuz heißt also ausziehen und bei Frau Kaiser wohnen?«, vergewisserte sich Josefine. »Und nix bedeutet hierbleiben?«

»Ganz genau.« Meine Mutter nickte. »Wem dieses Experiment aus welchem Grund auch immer nicht geheuer ist, gibt einfach einen leeren Zettel ab.«

Sofort kritzelten Krister und der Kuschelmuschel-Josi-Hase ein Kreuz auf ihre Zettel und stopften sie in den Bierkrug. Ich musste kein Mathe-Genie sein, um das Ergebnis an fünf Fingern abzählen zu können. Für Papa bedeutete der Job in dieser Reicheleutevilla die Chance seines Lebens. Meine Geschwister hatte er bereits auf seiner Seite, womit es 3 zu 2 stand und die Sache im Grunde entschieden war.

Mit zusammengepressten Lippen starrte ich auf meine Kakaotasse und vermied es, meine Mutter anzusehen. So viel war klar: Nie und nimmer würde sie sich gegen meinen Vater stellen und das konnte ich ihr nicht einmal verübeln. Ich war allein auf weiter Flur, was ein verdammt dummes Gefühl war, denn plötzlich kam ich mir wie eine Verräterin vor. Wenn ich jedoch an diesem verhängnisvollen Freitagvormittag bereits geahnt hätte, dass es in Wahrheit nur um mich, und zwar ganz allein um mich ging, hätte ich alles, was in meiner Macht stand, getan, um diesen Umzug und damit die größte Katastrophe in meinem Leben zu verhindern.

Hals über Kopf

Mein Schicksal schien gemerkt zu haben, dass ich ein neues Leben beginnen wollte. Alles, aber auch alles stand auf Veränderung. Ich fand allerdings, dass es dabei dummerweise ein paar wesentliche Aspekte übersah, aber damals hatte ich ja auch noch nicht wissen können, wie die Dinge in Wahrheit miteinander zusammenhingen und wer hier tatsächlich Schicksal spielte.

Jedenfalls blieben uns noch knapp zwei Tage, um uns von unserem geliebten Zuhause zu verabschieden und erst mal die Sachen in Kartons zu packen, die uns am Herzen lagen und die wir unbedingt mitnehmen wollten. Wie sich herausgestellt hatte, würde es nämlich nur ein halber Umzug sein, da das Gästehaus der von Helsings bereits komplett eingerichtet war. Wir konnten unsere Möbel also einfach hierlassen, denn Papa würde in Zukunft genug verdienen, um die Miete für diese Wohnung noch eine Weile weiterzuzahlen. Notfalls konnten wir also jederzeit wieder in die Marillenstraße zurück. Zumindest während der vereinbarten Probezeit.

Für mich war das jedoch nur ein schwacher Trost. Denn das Schlimmste hatte mein Vater uns leider vor unserer Abstimmung verschwiegen: Frau von Helsing mochte keine größeren Tiere auf ihrem Grundstück haben und deshalb konnten wir Limette nicht mitnehmen.

»Das ist nicht fair!«, rief ich aufgebracht. »Das hättest du uns vorher sagen müssen.«

»Stimmt«, pflichtete Mama mir bei, »das hättest du.«

Papa setzte eine zerknirschte Miene auf und entschuldigte sich tausendmal für dieses Versäumnis. »Aber ihr könntet vielleicht ein Kaninchen oder ein Meerschweinchen halten«, schlug er vor und zog damit Josi sofort wieder auf seine Seite.

»Oh ja!«, jubelte sie. »Dann kriegt der Kuschimuschi einen echten Kuschelmuschelhasen zum Spielen!«

Leider fand Krister das mit Limette auch nicht weiter tragisch, denn er konnte mit Katzen nicht viel anfangen und hätte sowieso lieber einen Hund gehabt.

»Und was machen wir dann mit ihr?«, fragte ich und kämpfte verbissen gegen die aufsteigenden Tränen an. »Wir können sie ja schlecht in ein Tierheim geben.«

»Das tun wir auch nicht, mach dir darüber keine Sorgen«, versuchte Mama, mich zu beruhigen. »Erst einmal bleibt sie hier. Frau Deggers wird sich bestimmt gerne um sie kümmern, bis wir eine endgültige Lösung gefunden haben.«

Ich konnte mir das nicht länger anhören, und weil ich keinen Schreikrampf bekommen wollte, schnappte ich mir kurzerhand die wild zappelnde Limette und verzog mich mit ihr in mein Zimmer.

Und dort hockte ich nun im Schneidersitz und mit vor der Brust gekreuzten Armen auf meinem Bett und stierte grantig vor mich hin. Keine Ahnung, vielleicht war mein Gehirn ja zu klein, aber es wollte mir partout nicht in den Kopf, dass Mama sich das offenbar alles so einfach vorstellte. Ich war doch diejenige gewesen, die Limette im Torweg hinter einer leeren Bierkiste fand, die Herr Lumme dort vorübergehend abgestellt hatte. Das war inzwischen fast vier Jahre her, doch das klägliche Maunzen hatte ich noch immer im Ohr. Ich hatte Limette auf den Arm genommen, sie gestreichelt, gefüttert und mit ihr im Innenhof gespielt und sie war mir kaum noch von der Seite gewichen. Jedenfalls gehörte sie seither zu mir wie mein rechter Fuß, mein Bauchnabel oder meine Ohren, und die konnte man schließlich auch nicht einfach so entfernen.

Anfangs hatten meine Eltern Limette nicht aufnehmen wollen und überall herumgefragt, ob jemand eine junge orange-schwarz-weiß gefleckte Katze vermisste, aber niemand schien zu wissen, wohin sie gehörte. Und nachdem die alte Frau Deggers aus dem Vorderhaus versprochen hatte, dass sie sich um das Tier kümmern würde, wenn wir verreisen wollten, war Limette dann doch bei uns eingezogen.

Sie wusste genau, wann ich von der Schule nach Hause kam, und sprang mir meistens schon im Torweg entgegen. Klugerweise verließ sie aber nie den Innenhof, wahrscheinlich ahnte sie, dass ihr dort draußen auf der Straße von den vorbeisausenden Autos Gefahr drohte. Abends legte sie sich dann auf mein Bett und schnurrte wie ein Trecker, sobald ich mich zu ihr gesellte. Ich war felsenfest davon überzeugt, dass Limette sich mich ausgesucht hatte. Und jetzt sollte ich sie einfach hier zurücklassen? Allein die Vorstellung brach mir das Herz.

Limette spürte genau, dass etwas im Busch war. Tief geduckt schlich sie an meinem Kleiderschrank entlang, maunzte zum Gotterbarmen und beäugte mich misstrauisch.

»Ach, Limmilein, ach, Mettchen«, seufzte ich und dann fing ich doch an zu heulen. Schluchzend ließ ich mich zur Seite aufs Kopfkissen fallen und vergrub mein Gesicht darin.

Es dauerte keine drei Sekunden, da spürte ich, wie die Matratze neben mir nachgab. Im nächsten Moment drückte Limette ihr Köpfchen gegen meinen Handrücken. Ich schob meine Finger in ihr weiches Fell und zog sie an mich. »Ich lasse dich nicht im Stich«, flüsterte ich heiser. »Nie und nimmer. Das verspreche ich dir.«

Sollte Mama doch nach *irgendeiner* Lösung suchen, ich würde meine eigene finden!

Zum Glück ließen meine Eltern und meine Geschwister mich erst einmal in Ruhe. Ich weinte noch eine Weile vor mich hin und kraulte dabei Limette, bis sie sich neben meinem Kopf zusammenkringelte und einschlief. Vorsichtig setzte ich mich auf und streckte die Hand nach meinem Rucksack aus. Ich kramte einen Kollegblock, die Federtasche und mein Handy hervor. Als Erstes sah ich nach, ob Mariel sich gemeldet hatte. Hatte sie aber nicht.

Ich schüttelte das Handy ein wenig, schließlich war es ein Uraltmodell, und man konnte nie wissen, ob sich nicht vielleicht doch in irgendeinem Winkel noch eine SMS verfangen hatte. Aber nix.

Mittlerweile war es zwanzig vor zwölf und die zweite große Pause zu Ende. Ich konnte – ich mochte! – mir einfach nicht vorstellen, dass Mariel meine Abwesenheit völlig kaltließ. Ich an ihrer Stelle würde mich jedenfalls fragen, ob es in irgendeiner Weise mit unserem Streit zusammenhing. Na ja, vielleicht fragte sie sich das ja auch. Aber deswegen gleich eine Nachricht zu schicken und sich nach meinem Wohlbefinden zu erkundigen, war wohl einfach nicht ihre Art. Mariel konnte so verdammt stolz sein. Stolz und stur. Für mich war das manchmal schwer zu verstehen, denn ich tickte ganz anders und hätte mich im umgekehrten Fall wahrscheinlich schon längst bei ihr entschuldigt.

»Okay«, murmelte ich. »Wenn du dich nicht meldest, dann mache ich das eben.«

Hallo, Mariel,

ich bin dir nicht böse wegen gestern, falls du das denkst. Es ist etwas Unglaubliches passiert und deshalb war ich heute nicht in der Schule. Ruf mich doch nachher mal an,

dann kann ich dir alles erzählen. Ich brauche ganz dringend deinen Rat!
Deine Phily :***

tippte ich mit fliegenden Fingern ein und schickte das Ganze an Mariels Nummer. Ich starrte noch eine Weile auf das Display, weil ich hoffte, dass Mariel vor Neugier aus allen Nähten platzte und mir sogar während des Unterrichts antwortete. Aber wahrscheinlich hatte sie ihr Smartphone brav ausgeschaltet und meine SMS noch gar nicht bemerkt. Ich legte das Handy also zur Seite, blätterte den Kollegblock auf und nahm den roten Filzer aus dem Federtäschchen, denn der passte perfekt zur Situation.

Notfallprogramm für Limette

setzte ich in blutroten Lettern als Überschrift auf eine leere Seite und unterstrich sie fett.

1. Sie jeden Tag besuchen, füttern und streicheln

2. Mich in der Villa einfach nicht wohlfühlen

3. Jede Sekunde ein miesepetriges Gesicht machen

4. Mama ins Gewissen reden

5. Notfalls Frau von Helsing bekneten (vielleicht ist ihre Tochter ja okay, dann könnte ich die vielleicht auf meine Seite ziehen)

6. Weitere Verbündete suchen (so viele wie möglich)

7. Mit Mariel darüber beratschlagen

Obwohl ich mein Gehirn bis in die letzte graue Zelle nach Ideen durchforstete, kam leider nicht mehr dabei heraus, und außer Punkt eins war nichts davon wirklich konkret. Ich war mir nicht einmal sicher, ob ich es hinbekam, tatsächlich jeden Tag schlechte Laune zu haben. Von Notfallprogramm konnte also nicht wirklich die Rede sein. Aber die Hoffnung starb ja bekanntlich zuletzt. Und da es hier um Limette ging, würde ich alles, was in meiner Macht stand, tun, um sie vor einem ungewissen Schicksal zu bewahren.

Bis zum Mittagessen um zwanzig nach eins hörte ich nichts von Mariel. Mama hatte Spaghetti mit Tomatensoße gemacht, das einzige Gericht, das wir alle mochten, trotzdem bekam kaum einer von uns etwas davon hinunter.

Krister und Josefine plapperten aufgeregt durcheinander. Beide hatten ihre Kartons bereits gepackt, und

Josi beschwerte sich nun darüber, dass sie ihr Playmobil-Puppenhaus nicht als Ganzes mitnehmen durfte, sondern komplett auseinanderbauen sollte. Währenddessen griff Krister die Frage nach den *anderen* Fahrten, die mein Vater ihm heute Vormittag nicht beantwortet hatte, noch einmal auf.

»Ach, das kann alles Mögliche sein«, erläuterte Papa ihm jetzt. »Zum Beispiel Dinge von einem Ort zum nächsten transportieren.«

»Was für Dinge?«, wollte Josefine wissen.

»Größere Einkäufe vielleicht, Kleider, die in der Reinigung waren, Blumengebinde oder Pflanzen für den Garten«, erwiderte Papa.

»Also auch solche großen Sachen?«, vergewisserte sich meine Schwester und riss ihre Arme so weit auseinander, dass ihr Puppenhaus perfekt dazwischenpasste.

Ich senkte hastig den Kopf, damit niemand bemerkte, dass ich in mich hineingrinste, und notierte in Gedanken einen weiteren Punkt auf meiner Notfallliste.

Josefine unbedingt davon überzeugen, dass wir Limette behalten müssen (eine bessere Unterstützerin gibt es nicht!!!)

»Philippa, willst du nicht endlich mal was essen?«, ermahnte meine Mutter mich. »Heute Morgen hast du schon nichts angerührt.«

Ich sah auf meinen aufgefüllten Teller und zuckte mit den Schultern.

»Ich habe keinen Hunger«, sagte ich.

Mein Magen fühlte sich wie tot an. Wahrscheinlich hatte er einfach vergessen, wozu er vorgesehen war.

»Lass sie doch«, meinte Papa. »Früher oder später wird ihr Appetit schon zurückkommen.« Er schenkte mir ein sanftes Lächeln. Es war zärtlich und gleichzeitig bittend, doch so leicht wollte ich mich nicht bestechen lassen und daher wich ich seinem Blick aus.

Punkt 9: Hungerstreik (nur wenn alle Stricke reißen), notierte ich im Hinterkopf.

»Hast du dir denn überlegt, was du mitnehmen möchtest?«, fragte meine Mutter.

»Ja«, sagte ich. »Limette. An allem anderen liegt mir nichts.«

Meine Eltern schwiegen.

»Du weißt, dass das nicht geht«, sagte Mama schließlich.

Ja, das wusste ich, aber einen Versuch war es trotzdem wert gewesen.

»Und wann ziehen wir los?«, fragte Josefine, die ihren Teller mittlerweile leer gegessen hatte.

»Heute Abend lade ich eure Kartons ins Auto ...«

Krister ließ Papa nicht ausreden. »Welches Auto?«, fuhr er dazwischen.

Wir hatten nämlich kein eigenes. Meine Mutter erledigte die meisten Einkäufe zu Fuß oder mit der U-Bahn und die Getränkekisten transportierte Papa einmal in der Woche im Taxi.

»Die von Helsings besitzen einen kleinen Transporter«, erklärte er jetzt meinem Bruder. »Den durfte ich mir für unseren Umzug ausleihen.«

»Was?«, stieß ich fassungslos hervor. »Hast du den Wagen gestern Nacht etwa gleich mitgebracht?«

Er sah mir fest in die Augen. »Frau von Helsing meinte, es sei so am praktischsten.«

Frau von Helsing! Frau von Helsing! – Eigentlich war ich die Friedfertigkeit in Person, aber hier stieß ich nun ganz deutlich an meine Grenzen. Ich konnte es nicht ändern, aber mir sträubten sich bereits die Nackenhaare, wenn ich den Namen nur hörte. Diese Frau hatte meinen Vater ja regelrecht um den Finger gewickelt!

»Und wenn wir uns dagegen entschieden hätten?«, fragte ich. »Wenn Krister und Josi auch lieber hier wohnen geblieben wären?«

»Dann hätte ich den Wagen eben wieder zurückgebracht«, sagte Papa.

Ich schüttelte den Kopf und meine Stimme klang nun ziemlich krächzig. »Du hast gar nicht damit gerechnet, dass sie und Mama sich dagegen entscheiden, stimmt's?«

Mein Vater zögerte einen Moment mit seiner Antwort.

»Ehrlich gesagt, hatte ich sogar gehofft, dass die Entscheidung einstimmig ausfallen würde«, sagte er matt.

Ich schob das Kinn vor und sah ihn trotzig an. Zum schwarzen Schaf wollte ich mich nun wirklich nicht abstempeln lassen. Ich hatte nur meinen Standpunkt und wünschte mir so sehr, dass Papa ihn respektierte. Außerdem ging es hier nicht nur um Limette, sondern auch darum, dass mir die ganze Sache immer weniger geheuer war. Je mehr Details wir erfuhren, desto mehr kam mir diese Geschichte wie eingefädelt vor. Vor allem aber ging es mir eindeutig zu sehr Hals über Kopf.

In den darauffolgenden Stunden passierte nicht viel, außer dass Mama, Papa, Krister und Josefine in der Wohnung herumwuselten, wie besessen Dinge in Kartons packten und diese anschließend durch den Innenhof und den Torweg auf die Straße hinausschleppten.

Derweil hockte ich in meinem Zimmer auf dem Bett, kraulte Limette und betete, dass alles nur ein böser Albtraum wäre, aus dem ich schon sehr bald erwachen würde. Doch die Stunden zogen sich dahin wie ein altes, ausgeleiertes Gummiband, es gab kein Aufwachen und keinen Szenenwechsel und allmählich kam ich mir immer dämlicher vor. Ich kann dir sagen, es fühlt sich wirklich alles andere als cool an, wenn man so ausgegrenzt wird oder gar als Verräterin gilt. Okay, niemand in meiner Familie hatte etwas Derartiges gesagt, aber die Art und Weise, wie sie mich seit dem Mittagessen links liegen ließen, sprach für sich. Und was das Schlimmste war: Auch Mariel meldete sich nicht. Es schien, als hätte die Welt mich einfach ausgeklammert.

»Das lassen wir nicht zu«, sagte ich zu Limette. »Wenn die Menschheit meint, ohne einen auskommen zu können, muss man sie eben vom Gegenteil überzeugen.«

Limette maunzte leise, was ich als Bestätigung auffasste. Sie gähnte und streckte sich, sprang schließlich vom Bett herunter und spazierte zielstrebig auf die Tür zu. Da ich in meinem Zimmer kein Katzenklo aufgestellt hatte, musste ich sie gezwungenermaßen hinauslassen.

»Tschüs, Süße«, murmelte ich und sah ihr leise seufzend hinterher, wie sie sich durch den Spalt in die Küche schlängelte. »Ich hoffe, du schläfst heute Nacht noch einmal bei mir. Ab morgen wird nämlich nichts mehr so wie früher sein.«

Leise schloss ich die Tür, schnappte mir mein Handy und ließ mich wieder aufs Bett sinken.

Meine Finger zitterten ein wenig, als ich Mariels Nummer hervorholte. Ich tat einen tiefen Atemzug und überlegte, ob ich mir nicht besser vorher schon ein paar Worte zurechtlegen sollte, aber ich wollte nicht gestelzt klingen. Schließlich war Mariel nicht der Oberstaatsanwalt, sondern meine beste Freundin.

Es tutete ungefähr eine Million Mal und mit jedem Tuten schlug mein Herz einen Takt schneller. Endlich ertönte so etwas wie ein Knacken, doch im nächsten Moment war die Verbindung schon wieder unterbrochen. Fassungslos ließ ich das Handy sinken. So eine blöde Kuh! Drückte mich einfach weg.

Wut und Frust ballten sich in meinem Bauch zu einem festen Knäuel. Mir war verdammt nach Heulen zumute, aber so schnell wollte ich mich nicht geschlagen geben. Außerdem war es immerhin möglich, dass Mariel bloß versehentlich die falsche Taste berührt hatte. Ich versuchte es also noch einmal und jetzt meldete sie sich ziemlich schnell.

»Was gibt's denn?«

»Ähm… Hast du meine Nachricht nicht bekommen?«, fragte ich und bemühte mich, möglichst normal zu klingen.

»Nein«, kam es knapp zurück.

»Aber das kann nicht sein«, erwiderte ich. »Ich habe…«

»Ein Steinzeithandy, ich weiß«, fiel Mariel mir ins Wort. »Bei diesen Dingern soll so etwas schon mal vorkommen.«

Tapfer ignorierte ich ihre Bemerkung. »Willst du nicht noch mal nachsehen?«

Mariel stöhnte leise. »Sag mir doch einfach, was du mir geschrieben hast.« Sie hörte sich ziemlich genervt an.

»Wir ziehen weg«, sagte ich schlicht.

Am anderen Ende herrschte Schweigen, und ich begann, die Sekunden zu zählen. Eins… zwei… drei… vier… fünf… Der Schock schien tatsächlich tief zu sitzen.

»Ach ja?«, brummte Mariel nach einer gefühlten Ewigkeit. Es klang ziemlich gleichgültig.

Der Anflug von Triumph in meinem Herzen wich einer bitteren Enttäuschung, die mir die Zunge schwer werden ließ. Es fühlte sich an, als hätte ich einen Felsbrocken im Mund.

»Interessiert dich denn gar nicht, wohin?«, kratzte ich mir schließlich aus dem Hals.

Ich vernahm ein leises Knistern und kurz darauf gab Mariel ein Schmatzgeräusch von sich. Wahrscheinlich hatte sie sich einen ihrer geliebten Karamelldrops in den Mund gesteckt.

»Ehrlich gesagt, nicht besonders«, nuschelte sie.

Ich schnappte nach Luft.

»Weißt du was?«, gab ich wütend zurück. »Ich erzähl's dir trotzdem. Wir ziehen nach Kaiserswerth ins Gästehaus einer steinreichen Familie. Mein Vater hat dort nämlich einen supertollen Job angeboten bekommen, in dem er dreimal so viel verdient wie bisher.«

»Ts«, machte Mariel. »Und das soll ich dir glauben?«

Die Unterstellung, dass ich ihr ein Lügenmärchen auftischte, gab mir den Rest. Wie zu Stein erstarrt saß ich da, presste mir in einer seltsamen Krampfhaltung das Handy ans Ohr und fühlte mich Mariels Gemeinheiten hilflos ausgeliefert.

»Ich wette, das erzählst du nur, weil du neidisch auf Arletta, Tiffy und Neomi bist«, musste ich mir jetzt von ihr anhören. »Aber gib dir keine Mühe. Du bist einfach nicht wie sie. Und ganz egal, was du tust oder behauptest, du wirst auch nie so sein. Dein Pech.«

Mein … Pech?

»Du … kannst … mich … mal!«, presste ich hervor. Dann schnellte ich vom Bett hoch, stieß einen Tarzanschrei aus und pfefferte das Handy mit voller Wucht gegen die Wand, was mir in diesem Fall effektiver zu sein schien, als es einfach auszuschalten.

Nicht einmal einen Atemzug später flog meine Zimmertür auf und Mama stand – Schreck und Sorge zu gleichen Teilen ins Gesicht geschrieben – auf der Schwelle.

»Alles in Ordnung?«

»Nein«, krächzte ich. Mein Körper zitterte, als ob er unter einem Dauerstromschlag stünde, und die Tränen liefen mir wie Sturzbäche über die Wangen.

»Oje, mein Schneckchen.« Meine Mutter drückte die Tür hinter sich zu und war mit wenigen Schritten bei mir. Sanft zog sie mich in ihre Arme. »Das ist jetzt aber nicht, weil wir von hier wegziehen, oder?«, fragte sie vorsichtig.

»Neiheihein, es ist wegen Mariel«, schluchzte ich und ließ meinen Kopf gegen ihre Schulter sinken.

Mama hielt mich sanft umschlungen und streichelte mir schweigend den Rücken hinauf und hinunter, bis ich mich allmählich wieder beruhigte. Das Schöne war: Ich brauchte ihr nichts zu erklären, sie spürte einfach, was in mir vorging, und sie konnte sich wohl auch so – zumindest ungefähr – denken, was passiert war.

»Lauf ihr nicht hinterher«, sagte sie nach einer Weile, während ihr Daumen sanft über meinen Nacken strich. »Sie muss von sich aus auf dich zukommen.«

»Und wenn sie es nicht tut?«

»Darüber würde ich mir jetzt noch nicht den Kopf

zerbrechen«, erwiderte meine Mutter. »Im Moment heißt die Devise: Abwarten und Tee trinken.«

»Oder umziehen«, hauchte ich.

»Ja«, sagte Mama. »Ich weiß, du hörst es nicht gern, aber vielleicht ist es in der Situation, in der ihr beiden gerade steckt, gar nicht schlecht. Manchmal braucht man ein bisschen frischen Wind um die Nase, um altgewohnte und allzu eingefahrene Dinge wieder ins rechte Licht zu rücken.«

»Aber Limette«, brach es aus mir hervor, und neue Tränen schossen mir in die Augen.

»Glaubst du, mir fällt es leicht, sie hier zurückzulassen?«, entgegnete Mama und drückte mich abermals. »Aber ich habe dir doch versprochen, dass wir eine Lösung finden werden.«

Nach dem Abendessen packte ich dann doch noch ein paar meiner Sachen in den Karton, den meine Mutter mir nach unserem *Gespräch* ins Zimmer gestellt hatte. Ihre Worte und ihre Nähe hatten mir gutgetan. Ich wusste jetzt, dass mein Vater und sie mir nicht in böser Absicht aus dem Weg gegangen waren, sondern weil sie mich in Ruhe lassen wollten. Und sie hatten auch Josi und Krister dazu angehalten, mir nicht auf den Senkel zu gehen.

Limette hatte ihren Ausgang im Innenhof inzwischen beendet und sich wieder auf ihrem Stammplatz zwischen meinen Bettkissen eingefunden.

Ich warf noch einen letzten Blick in die Kiste, in der sich meine Lieblingsklamotten, ein paar Bücher, Musik-CDs und allerlei lieb gewonnener Kleinkram befanden, dann klappte ich sie zu, pappte einen Streifen Klebeband darüber und schrieb meinen Namen darauf.

Philippa

Ich beschloss, ab sofort zu diesem Namen zu stehen. Phily hatte Mariel mich genannt. Aber Mariel war gestern, und was nützte es, ein neues Leben zu beginnen, wenn man das alte nicht richtig beendete? Zumindest die Teile davon, die Mariel betrafen.

Von hier weg wollte ich dennoch nicht. Ich mochte die Wohnung, den Innenhof und die Kastanie und mein Zimmer mit dem Dachfenster zum Himmel hinauf einfach zu sehr. Ganz sicher war es im Gästehaus der von Helsingschen Villa hundertmal luxuriöser, aber so schön wie in unserer Hinterhofwohnung würde es garantiert nirgendwo auf der Welt sein.

»Gut, dass du noch ein bisschen hierbleibst«, raunte ich Limette ins Ohr. So hatte ich wenigstens auch meiner Familie gegenüber einen guten Grund, jeden Tag in die Marillenstraße zu fahren. Auf diesen einen einzigen Punkt war meine Notfallliste für Limette nämlich inzwischen leider zusammengeschrumpft, und weil ich den mühelos im Kopf behalten konnte, hatte ich sie kurzerhand in viele kleine Schnipsel zerrissen und im Papierkorb versenkt.

Bevor ich mich für meine letzte Nacht in diesem Bett rüstete, räumte ich mein Zimmer noch einmal richtig auf und sortierte dabei all die Dinge, die ich im Laufe der Zeit von Mariel geschenkt bekommen hatte oder die mich an sie erinnerten, in einen Schuhkarton – darunter das kleine süße Knuddelglücksschwein aus ihrem Italienurlaub und die abgerissene Kinokarte vom Hanni-und-Nanni-Film, den wir uns im Winter zusammen angeschaut hatten.

»Du hast es nicht anders gewollt«, sagte ich und verstaute den Karton in der hintersten Ecke meines Kleiderschranks. Danach fühlte ich mich – zumindest ein bisschen – besser.

Doch als ich eine gute halbe Stunde später im Dunkeln mit unter dem Kopf verschränkten Armen im Bett lag und in den Sternenhimmel hinaufstarrte, erging es meinem Herzen so wie nachmittags meiner Zunge: Es fühlte sich wie ein steinharter Felsklumpen an.

Limettes leises Schnurren drang in mein Ohr und ich spürte ihren warmen Körper an meiner linken Wade.

»Bitte, lieber Gott, lass es nicht das letzte Mal sein«, flüsterte ich. »Bitte, bitte!«

Ein Paradies auf Erden

Ich gab es ja nicht gerne zu, aber die von Helsingsche Villa war wirklich der Hammer. Sie lag etwas abseits des Stadtteilviertels Kaiserswerth auf einer Anhöhe, inmitten eines gigantischen Parks und hatte ein kleines Wäldchen und eine malerische Burgruine im Rücken.

Das Gästehaus befand sich ein wenig unterhalb der Villa. Es hatte eine eigene Zufahrt und einen eigenen Garten, der von einer mannshohen Buchsbaumhecke umgeben war.

Mein Vater parkte den Transporter seitlich des Hauses an einem Nebeneingang, stellte den Motor aus und wandte sich zu uns um.

»Wir werden übrigens nicht allein dort wohnen«, sagte er.

Na toll! Ich war sehr gespannt, welche Details er uns noch so verschwiegen hatte.

»Im Gästehaus gibt es drei Wohnungen«, fuhr er mit einem strahlenden Lächeln fort. »Und wir bekommen die größte.«

Krister und Josefine sprangen jubelnd aus dem Auto, und während mein Bruder die hellgelb getünchte Fassade und die blank geputzten weißgerahmten Sprossenfenster bewunderte, flitzte Josi von einer

Pflanzenstaude zur nächsten, um sie zu umarmen und ihnen den Kuschelmuschelhasen vorzustellen.

Ich stieg etwas langsamer aus, setzte meine Füße zögernd auf den feinen grauen Kies und dachte an Limette, die vor einer Dreiviertelstunde noch nichts ahnend in unserem Innenhof mit einer Vogelfeder gespielt hatte.

»Wer lebt denn noch hier?«

»Eine Wohnung steht leer«, sagte Papa. »Für eventuelle Gäste, die nicht im Haupthaus untergebracht werden können. Und in der anderen lebt die Köchin mit ihren beiden Kindern.«

O wow!, dachte ich. Diese Margarethe von Helsing schien ja ein großes Herz zu haben, wenn sie einen Teil ihres Personals auf ihrem Grundstück wohnen ließ. Hoffnung keimte in mir auf. Vielleicht war sie ja doch nicht so übel, wie ich befürchtet hatte.

»Wie alt sind denn die Kinder?«, wollte Josefine wissen.

»Älter als du«, antwortete eine Stimme, und einen Lidschlag später trat ein dunkelhäutiges Mädchen aus dem Nebeneingang zu uns in die Sonne heraus. Sie trug Jeans, Flip-Flops und ein knallrotes ärmelloses T-Shirt. Bunte Perlenarmbänder türmten sich an ihrem rechten Unterarm bis fast zum Ellenbogen hinauf. Auf ihrem Kopf kringelten sich winzige schwarze Locken und ihre großen Zähne blitzten mit ihren dunklen Augen um die Wette.

»Ist dir nicht kalt?«, fragte ich erschrocken.

»Nein«, erwiderte sie, sprang auf mich zu und hielt

mir ihre Hand entgegen. »Hey, ich heiße Nneka und ich bin letzte Woche zwölf geworden.«

»Hey«, sagte ich und ergriff zögernd ihre Hand. »Und ich bin …«

»Ich weiß: Philippa.« Sie lachte mich an. »Frau von Helsing hat uns schon ein bisschen über euch erzählt. Na komm«, forderte sie mich auf. »Ich zeige dir eure neue Wohnung.«

Sanft, aber bestimmt zog Nneka (das man übrigens Nayka ausspricht) mich hinter sich her ins Haus. Wir durchquerten eine geräumige Diele, in der es einen großen Schrank, einen noch größeren Spiegel und unzählige Kleiderhaken gab, und liefen direkt auf eine Tür zu, die sich neben einem Treppenaufgang befand.

»Da oben auf der rechten Seite wohnen wir«, erklärte Nneka. »Meine Mutter, mein Bruder Ayo und ich.« Dann öffnete sie die Tür und holte zu einer schwungvollen Geste aus, die die Perlenarmbänder an ihrem Unterarm zum Klackern brachte. »Und das hier ist euer Reich.«

Mein neues Zimmer war doppelt so groß wie das in der Marillenstraße und mit Dingen ausgestattet, von denen ich bisher nicht mal zu träumen gewagt hatte. Neben einem dreiflügeligen Kleiderschrank und einem Schreibtisch gab es ein breites Regal, das vom Boden bis zur Decke mit Büchern, DVDs und Musik-CDs vollgestopft war, ein Bett mit einem weißen Himmel, unter dem bunte Papierschmetterlinge tanzten, ein knallrotes, mit unzähligen Kissen übersätes Sofa, einen superweichen Flauschteppich, eine riesige Palme vor dem Fenster und – Tätäää! – eine Heimkinoanlage!!!

Der Flatscreen maß mindestens 50 Zoll und war zum Glück gegenüber dem Sofa an der Wand montiert, sonst hätte Mama ihn nämlich garantiert sofort aus dem Zimmer geschafft.

»Du wirst nicht den ganzen Tag fernsehen«, ermahnte sie mich, nachdem sie festgestellt hatte, dass auch DVD-Player, Receiver und Lautsprecherboxen fest installiert waren. »Und vor allem nicht die halbe Nacht.«

Natürlich würde ich das nicht. Ich war noch nie ein TV-Junkie gewesen, und es gab überhaupt keinen Grund, einer zu werden. Am meisten freute ich mich über die vielen Filme und CDs, aber auch damit würde ich es selbstverständlich nicht übertreiben.

Kristers und Josis Zimmer waren etwas kleiner als meins, aber ebenfalls perfekt eingerichtet. Außerdem gab es eine geräumige Küche, ein Badezimmer mit zwei Waschbecken, Badewanne und Dusche, ein sehr gemütliches Wohnzimmer und ein Schlafzimmer mit begehbarem Kleiderschrank.

»Ich wette, Frau von Helsing hat sich in deinen Vater verknallt«, meinte Nneka augenzwinkernd und ließ sich rücklings auf mein Bett fallen. »Die Wohnungen im Obergeschoss sind nämlich nicht so toll ausgestattet.«

Ich stellte mich neben das Bett und blickte auf ihren schwarzen Kraushaarschopf herab. »Das ist jetzt nicht dein Ernst, oder?«

Nneka lachte laut heraus. »Ach, Quatsch!«, rief sie, und ihre weißen Zähne blitzten. »Allerdings …« Sie setzte sich auf, ihre Augenbrauen schlugen Wellen wie der atlantische Ozean, und plötzlich schaute sie richtig finster drein. »Bei Frau von Helsing weiß man nie. Und bei Celia schon gar nicht.«

»Celia? Ist das ihre Tochter?«, fragte ich.

»Jep«, sagte Nneka nur, erhob sich und lief schnurstracks zur Tür. »Wir sehen uns später. Meine Mum hat mir eingebläut, euch nicht auf den Geist zu gehen.«

»Aber du gehst mir nicht auf den Geist!«, widersprach ich. Im Gegenteil: Ich musste unbedingt noch mehr über diese seltsame Frau von Helsing und ihre Tochter erfahren. »Was ist denn mit Celia?«

»Ach nix«, meinte Nneka abwinkend. »Sie ist bloß ein bisschen seltsam.«

»So wie ihre Mutter?«, hakte ich nach und machte ein paar Schritte auf sie zu.

Nneka schob die Unterlippe vor, schielte zur Decke und schüttelte schließlich den Kopf. »Nö. Celia ist anders seltsam. Aber das wirst du schon sehen. Schließlich werdet ihr heute Abend zusammen essen.«

Aha. »Und ihr?«

»Mum und Ayo sind schon drüben in der Küche«, erwiderte Nneka. »Sie bereiten alles vor. Vielleicht darf Ayo sogar beim Servieren helfen. Er möchte nämlich schrecklich gern Chef de Rang werden.«

»Chef de was?«

»Das ist so etwas wie ein Chefkellner«, erklärte Nneka achselzuckend. »Jedenfalls können die Köche und die Kellner ja schlecht mitessen.«

»Hm«, machte ich. »Bei uns kocht meistens meine Mutter und die isst immer mit.«

Jetzt zog Nneka ihre Schultern bis zu den Ohren hoch. »Tja, das ist bei uns auch nicht anders.«

Ein paar Sekunden sahen wir uns schweigend an. Und obwohl wir völlig verschiedene Hautfarben hatten und Nneka am Ende des Winters bereits mit kurzen Ärmeln und Flip-Flops herumlief, spürten wir, dass wir beide aus derselben Welt kamen und offenbar auf einem fremden Planeten gelandet waren.

»Lässt Frau von Helsing alle ihre Angestellten hier wohnen?«, fragte ich.

»Nein.«

»Aber warum …?«

»Nur den Koch und den Fahrer«, antwortete Nneka, bevor ich meine Frage fertig formuliert hatte.

»Und wieso?«

»Weil sie die jeden Tag braucht.«

»Hm.« Irgendwie leuchtete mir das nicht ein. Eine Haushälterin beispielsweise oder einen Pförtner musste man doch auch täglich um sich haben.

»Die Pförtner arbeiten im Schichtdienst«, sagte Nneka, als hätte sie meine Gedanken erraten. »Und die Haushälterin hat am Wochenende frei. Es sei denn, die von Helsings geben ein Fest. Sie verdient allerdings auch weniger als dein Vater.«

»Woher weißt du das alles?«, wunderte ich mich, und wieder zuckte Nneka mit den Schultern. »Von Celia natürlich.«

»Die scheint ja eine echte Plaudertasche zu sein«, sagte ich.

»Nee, das ist sie eigentlich nicht.« Nneka fuhr sich über die Nase. »Es hat andere Gründe, weshalb sie mir solche Dinge erzählt«, setzte sie leise seufzend hinzu.

»Und welche?«

Nneka ließ den Kopf in den Nacken fallen und stieß einen Schwall Luft aus. »Du bist ganz schön neugierig, weißt du das?«

»Du aber auch«, sagte ich und grinste. »Sonst wärst du ja jetzt nicht hier.«

Nneka grinste kurz zurück, dann musterte sie mich nachdenklich. »Du musst allerdings nicht alles wissen. Jedenfalls nicht gleich am ersten Tag.«

Na, danke schön!, dachte ich ein wenig verärgert. Erst macht sie mich neugierig und im nächsten Moment kneift sie.

»Interessiert dich eigentlich gar nicht, was mit dem vorherigen Fahrer passiert ist?«, fragte sie jetzt.

Betroffen sah ich sie an. Komisch, dass ich daran noch überhaupt keinen Gedanken verschwendet hatte. Dabei war es doch so naheliegend.

»Er hatte hoffentlich keinen Unfall!«, rief ich erschrocken.

»Keine Sorge. Ein Unfall war es nicht«, entgegnete Nneka und machte einen Schritt rückwärts auf den

Flur hinaus. »Nun muss ich aber wirklich hoch, sonst wird meine Mutter sauer.«

»Hast du nicht gesagt, dass sie drüben in der Villa ist und das Essen vorbereitet?«, gab ich zurück.

Nneka nickte. »Aber sie ruft alle zehn Minuten an, um zu kontrollieren, ob ich in der Wohnung bin.«

»Glaub ich dir nicht«, sagte ich. Ich wollte keinen Streit, aber jetzt ging Nneka mir mit ihrer blöden Geheimnistuerei doch ganz schön auf die Nerven.

»Glaub, was du willst«, erwiderte sie knapp und verschwand um die Ecke.

Ich hörte nur noch das Flapp-Flapp ihrer Flip-Flops auf den Fliesen im Flur, das sich eilig in Richtung Wohnungstür entfernte.

Nneka war ziemlich merkwürdig, und ich hatte mich noch nicht entschieden, ob ich sie mochte oder nicht. Ganz anders verhielt es sich mit Celia. Bei ihr war mir auf den ersten Blick klar, dass ich sie nicht leiden konnte.

Als Mama, Papa, Krister, Josefine und ich um kurz nach sechs von der Haushälterin namens Evelyn in einen großen, mit antiken Möbeln eingerichteten Salon geführt wurden, saß Celia dort vor einer Spiegelwand an einem glänzenden weißen Flügel und spielte irgendwas Klassisches. Natürlich wusste ich nicht, dass es Celia war, denn niemand hatte sie uns vorgestellt, ich dachte es mir einfach nur. Und wie sich wenig später herausstellte, lag ich vollkommen richtig mit meiner Annahme.

Ich fand Celia ziemlich dünn und auch ein wenig blass. Sie trug ihr glattes blondes Haar als Pagenschnitt, der im Nacken etwas kürzer war und bei jeder ihrer Bewegungen dramatisch vor- und zurückschwang. Ihre langen Finger krabbelten über die Tasten wie Spinnenbeine und ihr Oberkörper wiegte sich im Takt der Melodie. Ich kannte das Stück nicht, klassische Musik fand ich entweder zu nervenaufreibend oder zu langweilig, aber dieses Lied war eigentlich ganz schön.

Ich versuchte, Celia nicht anzustarren. Ohne Frage war sie tausendmal schrecklicher als Arletta, Tiffany und Neomi zusammen. Die drei hielten sich nämlich nur für etwas Besseres, Celia dagegen war es und sie zeigte es mit jeder einzelnen ihrer angeberischen Gesten.

Meine Gedanken wanderten zu Mariel und ein schmerzhafter Stich schoss mir in die Brust. Wie hatte sie nur behaupten können, ich würde lügen! Mama hatte Birgitta doch garantiert sofort alles haarklein erzählt, Mariel wusste also, dass ich die Wahrheit sagte. Gleich am Montag in der Schule würde ich sie zur Rede stellen. Dort konnten die drei Barbierellas nicht dazwischenfunken, dort *musste* Mariel mir zuhören, und schon begann ich, mir alles bis in die kleinsten Einzelheiten vorzustellen. Ein neues Leben zu beginnen, war ja gut und schön, bedeutete aber nicht, dass man Dinge aus dem alten nicht noch zurechtrücken konnte, bevor man es endgültig hinter sich ließ.

Ich war so tief in meine Gedanken versunken, dass ich gar nicht merkte, wie die Klaviertöne verklangen. Erst als meine Schwester begeistert in die Hände klatschte und rief: »Das war toll! Kannst du das noch mal spielen?«, schreckte ich auf.

»Nein, das kann ich nicht«, sagte Celia pikiert. Sie hatte sich vom Klavierhocker erhoben und stand jetzt einfach so da. Ihr Blick war ins Leere gerichtet, und ihre Arme hingen an ihrem Körper herab, als würden sie gar nicht richtig zu ihr gehören.

»Und wieso nicht?«, fragte Josefine.

»Weil ich es immer nur einmal spiele«, erwiderte Celia, und plötzlich sah sie mich an. Ihre Augen waren groß und blau, fast so wie die meiner Mutter, der Ausdruck, der darin lag, allerdings so eisig, dass es mir für einen Moment den Atem verschlug. »Spielst du auch ein Instrument?«, fragte sie mich.

»Ähm …« Ich holte tief Luft und schüttelte das unbehagliche Gefühl, das von mir Besitz ergriffen hatte, energisch ab. So weit kam es noch, dass ich mich von dieser eingebildeten Schnepfe beeindrucken ließ – und wenn sie tausendmal die Tochter der Arbeitgeberin meines Vaters war! »Nein, das hat mich nie interessiert.«

Ein Lächeln zupfte an Celias Mundwinkeln. »Das wird meiner Mutter aber gar nicht gefallen«, sagte sie mit einer gewissen Genugtuung in der Stimme.

»Das muss es ja auch nicht«, erwiderte Mama

freundlich. »Im Übrigen fände ich es nett, wenn du dich vorstellen würdest.«

»Ich bin Celia von Helsing«, blaffte Celia meine Mutter an. »Das können Sie sich ja wohl denken. Und jetzt folgen Sie mir bitte alle in den Speisesaal.«

Meine Eltern tauschten einen kurzen Blick, Mama mit hochgezogenen Brauen und Papa mit einem kaum merklichen Achselzucken.

»Mariel ist ja schon ziemlich doof«, sagte Josi und schlug mit ihrem Kuschelmuschelhasen nach Celia. »Aber ich finde, du bist noch viel doofer.«

»Ich kenne keine Mariel«, erwiderte sie, straffte ihre Schultern und wandte sich der Tür zu, die die Haushälterin zur großen Eingangsdiele hin offen gelassen hatte.

Widerwillig schloss ich mich meinen Eltern an, als ich aus den Augenwinkeln einen Schatten bemerkte, der hinter dem Flügel entlanghuschte. Einen Lidschlag später erschütterte eine ohrenbetäubende Abfolge von Missklängen den Raum.

Papa, Mama, Celia und ich wirbelten gleichzeitig herum. Wahrscheinlich sah es wie ein einstudierter Balletttanz aus. Josi krümmte sich vor Vergnügen. Offenbar hatte sie als Einzige mitbekommen, dass Krister sich an den Flügel herangeschlichen hatte. Jetzt schlug er wie ein dem Irrsinn verfallener Pianist mit seinen Handballen auf die Tasten ein.

»Bist du wahnsinnig geworden!«, keifte Celia. In einer Behändigkeit, die ich ihr gar nicht zugetraut hätte, sprang sie auf meinen Bruder zu, packte ihn am Pulli und zerrte ihn vom Hocker herunter. »Das ist ein Steinway.«

»Du blöde Kuh!«, brüllte Krister, der ziemlich hart mit dem Hinterteil auf den Fußboden gerumst war. »Ist mir doch egal, was das für ein bescheuerter Steinhaufen ist!«

»Das ist überhaupt nicht egal!«, schimpfte Papa nun los. »Dieser Flügel ist mehr Geld wert, als ich in einem Jahr verdienen kann.«

»Mindestens«, protzte Celia. »Außerdem ist er jetzt vollkommen verstimmt. Es dauert eine Ewigkeit, bis ich ...«

»Schon gut, mein Schatz, schon gut«, wurde sie von einer angenehm warmen Stimme unterbrochen, und wieder wirbelten wir alle gleichzeitig herum.

In der Tür stand eine große, elegant gekleidete Frau mit welligen braunen Haaren und grünbraunen Augen. Ich fand nicht, dass sie irgendwie besonders aussah, aber sie lächelte freundlich und schien Krister überhaupt nicht böse zu sein.

»Frau von Helsing«, stieß mein Vater hervor, der vor Schreck ganz bleich geworden war. »Bitte entschuldigen Sie, aber für meine beiden Kleinen ist Ihr Haus und das ganze Anwesen so etwas wie ein Paradies auf Erden. Krister kennt Flügel nur aus dem Fernsehen. Er weiß nicht, wie empfindlich diese Instrumente sind.«

»Ich bitte Sie, lieber Herr Bogenstedt, das ist doch alles überhaupt kein Problem«, erwiderte Frau von Helsing nachsichtig. Lächelnd trat sie auf meine Mutter zu und streckte ihr die Hand entgegen. »Sie müssen Michaela sein. Ich freue mich, dass Sie meinem für Sie alle sicher sehr überraschenden Angebot gefolgt sind, und begrüße Sie sehr herzlich in meinem Haus.«

Nacheinander schüttelte sie auch mir, Josefine und Krister, der sich inzwischen stöhnend auf die Füße gerappelt hatte, die Hand.

»Wenn du gerne richtig spielen lernen möchtest, sag einfach Bescheid, dann spreche ich mit Celias Klavierlehrer«, bot sie ihm an.

»Och«, druckste Krister. »Nö... Ich spiele lieber Fußball. Oder Basketball.«

»Na wunderbar!« Frau von Helsing strahlte nun über das ganze Gesicht. »Ich hoffe, dass unser kleiner Sportplatz deinen Vorlieben entgegenkommt. Celia wird euch morgen alles zeigen.«

»Was?«, stieß diese empört hervor. »Aber wieso? Nneka und Ayo musste ich doch auch nicht herumführen.«

»Nun«, sagte ihre Mutter gedehnt. »Ich hatte gehofft, dass du es freiwillig tust.«

Widerwillen spiegelte sich in Celias Gesicht. »Aber...«, protestierte sie, doch Frau von Helsing brachte sie mit einer energischen Geste zum Schweigen. »Und ich finde, es spricht nichts dagegen, wenn die beiden morgen mitkommen«, setzte sie unbeirrt hinzu. »Auf diese Weise könnt ihr euch gleich alle miteinander bekannt machen.«

Celia presste die Lippen aufeinander und senkte den Kopf, während ihre Mutter sich nun direkt an mich wandte. »Nneka, Celia und du, ihr drei seid doch im gleichen Alter. Ich würde mich sehr darüber freuen, wenn ihr Freundschaft schließt.«

»Ts«, machte Celia. »So etwas kann man doch nicht erzwingen.«

Sie sagte es sehr leise, aber ich verstand es trotzdem, und ich war mir sicher, dass Frau von Helsing es ebenfalls gehört hatte – obwohl sie sich nichts anmerken ließ.

Josi hatte recht: Celia war eine Oberzicke. Und mich beschlich das Gefühl, dass ihrer Mutter das überhaupt nicht gefiel. Frau von Helsing war zwar etwas steif, aber irgendwie mochte ich sie, was mich selbst überraschte, denn eigentlich hatte ich mir ja vorgenommen, sie unsympathisch zu finden. Aber so wie sie uns bisher begegnet war, konnte ich mir gar nicht vorstellen, dass sie etwas gegen Tiere hatte. Jedenfalls schöpfte ich Limette betreffend tatsächlich wieder Hoffnung. Vielleicht bedurfte es nur eines günstigen Augenblicks, um Frau von Helsing die Erlaubnis abzuringen, meine geliebte Katze mit ins Gästehaus nehmen zu dürfen.

Der Raum, den Celia so großkotzig als Speisesaal bezeichnet hatte, war alles andere als ein Saal, sondern ein beinahe ganz normales Esszimmer. Frau von Helsing und meine Eltern saßen auf der einen Längsseite des Tisches, Celia, Krister, Josefine und ich auf der anderen. Nicht dass wir es uns so ausgesucht hätten, nein, die Haushälterin hatte uns die Plätze zugewiesen, und sie und Nnekas Bruder Ayo servierten uns auch das Essen. Es gab ein Drei-Gänge-Menü, das so gigantisch gut schmeckte, dass es mir fast gar nichts ausmachte, Celia neben mir zu haben.

Als Vorspeise servierte man uns knackige Gemüsestücke in einer megaleckeren Soße, die den lustigen Namen Chakalaka hatte. Danach konnten wir zwischen Hähnchen in Kokossuppe und einem Hackauflauf wählen, der ein bisschen scharf war und nach Zimt schmeckte. Meine Geschwister und ich probierten natürlich beides, während Mama und Papa sich nur jeweils von einem Gericht auftun ließen. Wahrscheinlich fanden sie das höflicher. Zu guter Letzt kam das Beste, nämlich der Nachtisch: warmer Bananenkuchen mit Vanilleeis. Und das war so köstlich, dass sogar meine Eltern sich noch einen Nachschlag erbaten.

Nur Celia aß von allem total wenig. Sie füllte ihren Löffel und auch ihre Gabel nur zu einem Viertel und knabberte fast misstrauisch auf jedem Bissen herum, so als fürchtete sie, er könnte vergiftet sein. Dabei wanderte ihr Blick unablässig Ayo hinterher.

Nnekas Bruder trug eine helle Hose, eine taillenkurze helle Anzugjacke, ein schwarzes Hemd und eine brombeerfarbene Fliege. Eigentlich stand ich überhaupt nicht auf so feine Klamotten, aber ich fand, dass Ayo richtig klasse darin aussah. Er hatte die gleichen Augen wie seine Schwester, seine Haare waren allerdings sehr viel länger als ihre. Sie umspielten sein ovales Gesicht in wirren Locken und endeten in seinem Nacken als kleiner Zopf, in den bunte Perlen eingeflochten waren. Ich schätzte ihn auf ungefähr dreizehn Jahre, und soweit ich es beurteilen konnte, machte er seinen Job wirklich gut.

Während des Essens stellte uns Frau von Helsing eine Menge Fragen. So wollte sie beispielsweise wissen, wo wir zur Schule gingen, welches unsere Lieblingsfächer und unsere Hobbys waren, ob wir viele Freunde und an welchem Tag wir Geburtstag hatten.

»Ich gehe noch in den Kindergarten«, klärte Josefine sie auf. »Und der Kuschimuschi auch. Aber im Sommer komme ich in die Schule.«

»Oh«, sagte Frau von Helsing, »da freut der Kuschimuschi sich bestimmt schon. Oder darf er etwa gar nicht mit?«

»Klar darf er das«, erwiderte meine Schwester. »Oder?« Sie beugte sich tief über ihren Teller, damit sie an Krister vorbeigucken und mich ansehen konnte. »Oder?«, fragte sie noch einmal etwas fordernder.

»Am Anfang schon«, gab ich zurück. »Aber später, wenn ihr richtig Rechnen und Schreiben lernt, stören die Kuscheltiere nur. Und jetzt setz dich besser wieder gerade hin, sonst essen dir deine Haare noch das schöne Vanilleeis weg.«

Frau von Helsings Blick fiel auf mich. Sie nahm ihre Serviette und tupfte sich damit über die Lippen. Zwar hätte ich nicht gewusst, wofür, aber ich rechnete fest damit, dass sie mich zurechtweisen würde, und wurde ganz steif vor Anspannung. Doch sie tat es nicht, sondern lachte stattdessen laut heraus.

»Du gefällst mir, Philippa«, sagte sie dann auf einmal so liebevoll, dass ich vor Schreck beinahe vom Stuhl gerutscht wäre.

Für ein paar Sekunden war es ganz still im Raum. Ich bemerkte die Verwunderung in Mamas Gesicht und mein Vater sah ebenfalls ziemlich überrascht aus. Celia, die links von mir saß, bebte geradezu. Wahrscheinlich würde sie jede Sekunde explodieren und in diesem Fall hätte ich sie nur zu gut verstanden.

»Aha«, sagte Krister. »Und Josi und mich mögen Sie wohl nicht?«

»Wie bitte?« Irritiert wandte Frau von Helsing sich ihm zu.

»Ich habe gefragt, ob Sie nur Philippa mögen«, wiederholte Krister.

»Aber nein!« Celias Mutter lachte wieder, diesmal klang es allerdings ein bisschen gekünstelt. »Ich mag Kinder überhaupt sehr gern. Wenn ich beruflich nicht so eingespannt wäre, könnte Celia einen eigenen Fußballverein gründen – so viele Geschwister hätte sie.«

Und dann fing Frau von Helsing an zu erzählen: von ihrem Mann, der den größten Teil des Jahres unterwegs war, und von ihrer eigenen Firma, die sie vier Jahre vor Celias Geburt gegründet hatte.

Was für eine Firma es war, verstand ich nicht genau, nur dass es etwas mit Möbeln zu tun hatte, und es interessierte mich auch nicht. Die Unterhaltung am Tisch entwickelte sich nun allmählich zu einem Erwachsenengespräch. Irgendwann hörte ich gar nicht mehr richtig zu, sondern widmete meine Aufmerksamkeit meinen Geschwistern. Nachdem der Nachtisch abgeräumt worden war, musste man damit rechnen, dass ihnen langweilig wurde, und irgendwie fühlte ich mich dafür verantwortlich, darauf zu achten, dass die beiden keinen Unsinn anstellten.

Du gefällst mir, Philippa, hallte es in meinen Ohren nach.

Die Worte kreisten unablässig in meinem Kopf herum und hinterließen einen unangenehmen Druck in meiner Brust. – Da war sie wieder, diese seltsam unbestimmte Ahnung, die mir seit Donnerstagabend so ein komisches Gefühl verursachte. Und plötzlich war ich mir ganz sicher: Mit dieser Frau von Helsing stimmte etwas nicht.

Erkaufte Freundschaft

Die erste Nacht in meinem neuen Bett war schrecklich ungewohnt. Ich konnte nicht einschlafen, weil ich den Blick durch mein Dachfenster in den Himmel und das leise Schnurren von Limette vermisste. Meine Gedanken kreisten um mein altes Zuhause, um Mariel und den nächsten Schultag, um Celia und Nneka und natürlich um die seltsame Frau von Helsing, die einerseits supernett und andererseits obermerkwürdig war. Ich konnte einfach nicht einordnen, ob sie das, was sie sagte, ehrlich meinte, ob sie gar nicht darüber nachdachte oder vielleicht auch alles bloß Theater war.

Warum hatte sie Papa so Hals über Kopf eingestellt? Was war mit ihrem vorherigen Fahrer passiert? Und wieso ließ sie Nnekas und meine Familie hier bei sich im Gästehaus wohnen? Das alles waren Fragen, die mich wach hielten. Und nur die Hoffnung, wenigstens auf einige von ihnen vielleicht schon morgen beim Rundgang mit Celia eine Antwort zu bekommen, ließ mich weit nach Mitternacht endlich ins Schlummerland hinübergleiten.

»Sie hat Herrn Fabian entlassen«, erzählte mir Nneka, nachdem sie eine Weile auf ihrer Unterlippe herumgekaut hatte.

Sie war am frühen Sonntagnachmittag plötzlich an meiner Zimmertür aufgetaucht, um mir zu sagen, dass sie und Ayo keine Lust hätten, später von Celia auf dem Sportgelände herumgeführt zu werden.

»Glaubst du etwa, wir?«, hatte ich geantwortet, woraufhin sich ein freches Grinsen auf ihrem Gesicht ausbreitete.

Ich hatte sie in mein Zimmer gezogen, die Tür hinter ihr geschlossen und sie noch einmal rundheraus auf den Fahrer angesprochen. Und da war ihr das Grinsen dann vergangen.

»Wie, entlassen?«, bohrte ich nach. »Einfach so?«

»Jedenfalls hat er sich nichts zuschulden kommen lassen«, erwiderte sie, während sie vor dem Fenster auf und ab spazierte. »Meine Mum hat sich ganz gut mit ihm verstanden. Er hätte ihr bestimmt erzählt, wenn er Frau von Helsing einen Grund für eine fristlose Kündigung gegeben hätte. Wir wissen nur, dass sie ihm eine ganze Menge Geld angeboten hat, damit er seinen Job hier sofort aufgibt und sich eine neue Stelle sucht. Ich kann dir sagen, das ging alles total holterdiepolter.«

»Aha«, schlussfolgerte ich. »Dann ist das wohl auch der Grund, weshalb du nicht so viel mit mir reden sollst. Weil mein Vater dem Herrn Fabian die Arbeit weggenommen hat.«

Nneka blieb ruckartig stehen. »Quatsch!«, sagte sie

und tippte sich an die Stirn. »Doch nicht wegen Herrn Fabian.«

»Sondern?«

»Wegen Frau von Helsing natürlich.«

Das begriff ich nicht. »Sie hat gestern Abend aber ausdrücklich betont, dass Celia, du und ich Freundinnen werden sollen«, entgegnete ich.

Nneka schüttelte den Kopf. »Geschissen.«

Ich starrte sie an. »Wie meinst du das?«

»Frau von Helsing hätte es wohl gern«, sagte Nneka. »Aber ich lasse mich lieber von einer Puffotter beißen, als mich mit dieser Schnepfe anzufreunden.«

Ich runzelte die Stirn. »Von einer Puffotter?«

»Ja, ich weiß, die Europäer und Amerikaner fürchten sich am meisten vor der Schwarzen Mamba«, meinte Nneka und ließ sich neben mich auf das knallrote Sofa plumpsen. Sie zog den kleinen hölzernen Beistelltisch zu sich heran und begann, darauf herumzutrommeln. In schnellem Rhythmus wechselte sie zwischen dumpfen Schlägen mit den Handballen und etwas helleren mit den Fingern. Die Perlenarmbänder an ihrem rechten Unterarm klackerten dazu. »Dabei werden wir viel häufiger von der Puffotter gebissen.«

»Ihr?«

»Genau, wir Afrikaner«, sagte Nneka, während sie unermüdlich weiter auf den Tisch eintrommelte.

»Aus welchem Land stammt ihr denn eigentlich?«, erkundigte ich mich.

»Aus Südafrika. Ayo ist allerdings in Nigeria zur

Welt gekommen. Und ich bin hier in Deutschland geboren.«

»Dann bist du also Deutsche?«, fragte ich.

»Nein.« Nneka hörte auf zu trommeln und lehnte sich ins Sofa zurück. »Blöderweise wollte mein Vater das nicht. Nachdem meine Eltern sich getrennt hatten, ist er nach Afrika zurückgegangen.« Nneka zog die Beine an und umschlang ihre Knie. Ihr Blick wanderte zum Fenster und ein sehnsüchtiger Ausdruck legte sich über ihr Gesicht. »Wenn ich erwachsen bin, fahre ich auch nach Südafrika. Ich möchte sehen, wo meine Eltern geboren sind… wie es meinem Vater geht… und ob meine Großeltern noch leben.«

»Dann hast du also nichts mehr von deinem Vater gehört, seitdem er Deutschland verlassen hat?«, hakte ich vorsichtig nach.

Sie schüttelte traurig den Kopf und eine Weile klebte ein seltsam schweres Schweigen zwischen uns. Nneka hing ihren Gedanken nach, und ich wusste nicht, was ich sagen sollte. Irgendwann hielt ich die Stille nicht mehr aus. Ich räusperte mich und fragte:

»Und seit wann wohnt ihr hier in diesem Gästehaus?«

»Seit ungefähr drei Jahren«, antwortete Nneka. »Frau von Helsing hatte eine Zeitungsanzeige aufgegeben. Eigentlich suchte sie jemanden für den Garten, aber dann wurde ihr Koch krank, und so hat sich das alles ergeben.«

»Aber warum lässt sie euch hier wohnen?«, hakte ich noch einmal nach. »Ich meine, es wäre doch eigentlich kein Problem, wenn deine Mutter jeden Tag hierherfahren müsste, oder?«

»Frau von Helsing wollte es so«, gab Nneka zurück. »Sie wollte, dass wir hier wohnen, dass Ayo und ich auf dieselbe Schule gehen wie Celia und dass meine Mum sie hin und wieder in die Oper und ins Theater begleitet.«

Ich staunte nicht schlecht. »Auf welche Schule geht Celia denn?«

Nneka verdrehte die Augen. »Kannst du dir das nicht denken?«

Klar. »Wahrscheinlich auf eine Privatschule.«

»Genau.«

»Könnt ihr das überhaupt bezahlen?«, platzte ich heraus. »Privatschulen kosten doch eine Menge Geld, oder?«

»Wir bezahlen es ja auch nicht«, erwiderte Nneka seufzend. »Sondern Frau von Helsing.«

O wow! »Das ist aber großzügig!«

»Ja, das ist es«, brummte Nneka. Sie ließ ihre Knie los und sprang vom Sofa hoch. »Und deshalb müssen wir dankbar sein, sagt meine Mum. Bin ich aber nicht«, fügte sie trotzig hinzu.

»Und wieso nicht?«

»Weil sie es nicht für Ayo macht oder für mich, sondern einzig und allein für Celia.«

»Wie kommst du denn da drauf?«

»Ganz einfach.« Nneka stemmte die Hände auf ihre Hüften und schnaubte laut, bevor sie zu ihrer Erklärung ansetzte. »Celia ist ein Kotzbrocken. Es gibt weit und breit niemanden, der sie mag. Weder in dieser blöden Schule noch in der Nachbarschaft. Frau von Helsing lässt drei- oder viermal im Jahr eine Party für sie steigen, lädt Zauberer ein oder Artisten. Im letzten Sommer war sogar irgend so eine berühmte Band hier und hat ein Privatkonzert gegeben. Celias Mutter glaubt nämlich, dass man alles kaufen kann. Doch da irrt sie sich. Leider hat meine Mum das noch nicht begriffen und deshalb streiten wir ziemlich oft. Sie versteht einfach nicht, dass ich nicht mit Celia befreundet sein will. Aber vielleicht hat Frau von Helsing mit dir ja mehr Glück und ich bin endlich erlöst.«

Plötzlich ergab alles einen Sinn.

Frau von Helsing hatte gar keinen neuen Fahrer gesucht, sondern eine Freundin für Celia. Deshalb hatte sie meinen Vater auf ihrer ersten Tour so intensiv ausgefragt und nur darum hatte sie ihn überhaupt eingestellt. – Meinetwegen! Womöglich hatte sie sogar unsere Adresse ausfindig gemacht und mich beobachten lassen. Reiche Leute wie sie konnten sich die besten Privatdetektive leisten und sich jede Art von Informationen verschaffen. Verdammt noch mal, mein Gefühl hatte mich also nicht getäuscht!

Inzwischen war es kurz nach drei. Nneka war wieder nach oben in ihre Wohnung verschwunden und ich war mit den kreuz und quer in meinem Kopf umherwirbelnden Gedanken und dem Achterbahngefühl in meinem Bauch allein zurückgeblieben. Gut so! Das, was gerade in mir vorging, hätte ich ohnehin nur mit Mariel teilen können – wenn sie noch meine beste Freundin gewesen wäre. Und was Nneka anging: Die dachte sich sowieso ihren Teil. Ob unwissentlich oder mit voller Absicht sei mal dahingestellt, auf jeden Fall hatte sie mir auf die Sprünge geholfen.

Philippa, du gefällst mir. – Ha! Wahrscheinlich wusste Frau von Helsing das schon seit einiger Zeit. Sonst hätte sie mich ja wohl kaum ausgesucht. – Stopp, Philippa. Hatte sie das wirklich? Oder steigerte ich mich da gerade in etwas hinein? Litt ich womöglich bereits unter Verfolgungswahn?

Ich schloss die Augen und biss mir auf die Lippen. Jetzt nur nicht durchdrehen. Ruhe bewahren. Nachdenken. Mit meinen Verdächtigungen zu Mama und Papa zu gehen, wäre natürlich eine Möglichkeit, hatte allerdings wenig Sinn. Ich war mir ziemlich sicher, dass sie mich auf der Stelle für verrückt erklären würden und mir vielleicht sogar vorwarfen, dass ich mir das nur ausgedacht hätte, um sie dazu zu bewegen, in die Marillenstraße zurückzuziehen.

Mein Vater jedoch freute sich wie irre auf diesen neuen Job. Beim Frühstück hatte er von nichts anderem geredet, und danach war er gleich in Richtung Garage abgezogen, um den Transporter an seinen Platz zu bringen und sich die anderen drei Fahrzeuge anzusehen – einen Bentley, einen Geländewagen und einen Porsche Panamera. Ich hatte nur eine ungefähre Vorstellung davon, was das für Autos waren, aber Krister war natürlich gleich Feuer und Flamme, als Papa davon erzählte. Das Einzige, was mein Bruder zu bemängeln hatte, war, dass der Panamera kein *richtiger Rennporsche* ist.

Auf jeden Fall wäre mein Vater ganz sicher ziemlich enttäuscht, wenn er erfahren würde, dass Frau von Helsing ihn nicht wegen seiner Fahrkünste eingestellt hatte oder weil sie ihn so nett fand. Und deshalb musste ich mir hundertprozentig sicher sein, dass es ihr im Grunde nur um mich ging, bevor ich ihm mit dieser Sache kam. Mein Hauptanliegen war also ab sofort, so viel wie möglich über Frau von Helsings wahre Absichten herauszufinden.

Wenn ich damals allerdings auch nur geahnt hätte, in was für einem Wespennest ich da tatsächlich herumzustochern begann, hätte ich es wahrscheinlich gelassen.

So jedoch konnte ich es kaum erwarten, dass es vier Uhr wurde und ich mit meinen Geschwistern endlich zur Villa hinübergehen durfte, um uns von Celia über den Sportplatz führen zu lassen.

Es wundert dich wahrscheinlich nicht, wenn ich dir erzähle, dass sie uns eine gefühlte Ewigkeit vor der Haustür warten ließ. Irgendwann wurde in der ersten Etage ein Fenster aufgerissen, und Celia keifte zu uns herunter, dass sie sich das Leben nehmen würde, wenn Krister sich noch einmal in die Nähe des Steinways wagte.

Unschlüssig sahen meine Geschwister und ich uns an. Sollten wir wieder gehen, oder bedeutete es lediglich, dass Celia uns nicht hereinlassen wollte?

Das Fenster ging wieder zu und kurz darauf erschien sie dann doch in der Haustür. »Evelyn hat frei… und meine Mutter ist nicht da«, eröffnete sie uns. »Ich muss euch also auch nichts zeigen.«

»Kein Problem«, gab ich zurück und hielt meinen Blick fest in ihre Augen gerichtet. »Ich glaube, wir finden den Sportplatz auch allein. Sooo riesig ist euer Grundstück ja nun auch wieder nicht.«

Celia zog einen Schlüsselbund hervor und klimperte damit herum. »Ich bin aber die Einzige, die euch das Gerätehaus öffnen kann«, sagte sie und grinste überheblich.

»Na dann, Hoheit«, erwiderte ich und deutete eine Verbeugung an, »bitte ich ergebenst um Audienz.«

»Bist du bescheuert!« Krister stieß mich mit dem Ellenbogen in die Seite. »So hast du ja nicht mal bei Mariel rumgeschleimt.«

»Klappe!«, zischte ich. »Und du hältst dich auch zurück, klar?«, ermahnte ich meine Schwester, bevor sie noch auf die Idee kam, ihren Senf ebenfalls dazuzugeben.

Josefine stopfte sich hastig das Ohr ihres Kuschelmuschelhasen in den Mund und nickte eifrig.

»Wer ist denn diese Mariel?«, fragte Celia, und zum ersten Mal bildete ich mir ein, so etwas wie Neugierde in ihrem Gesicht zu erkennen.

»Meine beste Freundin«, sagte ich, einfach weil ich es mir so wünschte und weil ich dieser eingebildeten Kuh zeigen wollte, dass ich beliebter war als sie. Aber dann fiel mir ein, dass das vielleicht doch keine so gute Strategie war. Wenn ich etwas über Frau von Helsing herausbekommen wollte, war es sicher klüger, wenn ich zumindest versuchte, mich mit ihrer Tochter zu verstehen. Daher fügte ich noch schnell hinzu: »Meine ehemals beste Freundin.«

»Sie und Mariel haben sich nämlich total verzofft«, erzählte Krister.

»Das heißt gezofft«, korrigierte Celia ihn und bedachte mich anschließend mit einem spöttischen Lächeln. »Na ja, so etwas soll vorkommen.«

Sie steckte den Schlüsselbund in ihre hellblaue Steppweste zurück und zog sich fröstelnd die Pulliärmel, die bis über ihre Ellenbogengelenke hinaufgeschoben waren, herunter. Erst da fiel mir auf, dass ihre linke Armbeuge ein weißes Pflaster zierte.

»Oh!«, rief ich. »Bist du krank? ... Also wenn es dir nicht gut geht, dann musst du jetzt echt nicht mit uns hier draußen herumlaufen.«

»Unsinn«, sagte Celia so, als hätte ich sie eines schweren Verbrechens beschuldigt. »Ich bin doch nicht krank. Im Gegenteil. Doktor Lessen hat mir Blut abgenommen, um sicherzustellen, dass ich gesund bleibe.«

Ich schüttelte den Kopf. »Wie soll das denn funktionieren?« Ich zumindest war bisher immer nur dann zum Arzt gegangen, wenn ich Fieber, Halsschmerzen, Husten oder einen unerklärlichen Ausschlag hatte.

»Das weißt du nicht?« Celia zog eine Grimasse. »Auf was für eine Schule gehst du bloß?«

»Auf eine sehr gute«, sagte ich, obwohl ich mir dessen gar nicht mal so sicher war, aber ich hatte keine Lust, mich unentwegt von Celia kränken zu lassen.

»Und wie heißt sie?«, fragte sie leise stöhnend.

»Die hat keinen Namen«, kam Josefine mir zuvor. »Philippas Gesamtschule ist einfach die aus der Elbroichstraße.«

Wieder huschte dieses blöde Grinsen über Celias Gesicht. »Ach, auf eine Gesamtschule«, erwiderte sie. »Müssen da nicht all diejenigen hin, bei denen es für ein richtiges Gymnasium nicht gereicht hat?«

»Nein, stell dir vor, ich gehe freiwillig dorthin«, zischte ich wütend. »Und zwar weil es da ganz normale Menschen gibt und nicht nur solche, die sich einbilden, dass sie etwas Besseres sind.«

»Ts«, machte Celia und reckte ihr Kinn hervor. »Was ist schon normal? Jedenfalls bin ich klüger und hübscher als die meisten anderen Mädchen. Und mehr Geld habe ich auch.«

Fassungslos starrte ich sie an. Es war mir vollkommen schleierhaft, wie man sich so dermaßen aufblasen konnte. Sogar meine Geschwister schienen irritiert zu sein. Zumindest guckten sie genauso belämmert drein wie ich und kriegten ebenfalls keinen Ton über die Lippen.

Doch plötzlich prustete Krister los. Er beugte sich nach vorn und schlug sich auf die Schenkel. »Du bist doch überhaupt nicht hübsch«, geiferte er. »Ich finde, du bist so hässlich wie ein altes Suppenhuhn.«

»Krister!«, sagte ich empört, dabei war ich absolut seiner Meinung.

»Ach, lass ihn nur«, meinte Celia abfällig. »Dein Bruder hat doch überhaupt keine Ahnung von diesen Dingen. Er ist nur ein dummer kleiner Junge, der mich nicht die Bohne interessiert. Und deshalb werde ich ihm hier auch nichts zeigen. Das verstehst du ja wohl, oder?«

Ich schluckte … und nickte … und kam mir schon wieder wie eine Verräterin vor. Irgendwann später würde ich meinem Bruder das erklären. Sobald ich genügend Beweise gesammelt hatte und sicher sein konnte, dass Celias Mutter es nur auf mich abgesehen hatte und Papa, Mama, Krister und Josefine ihr im Grunde völlig egal waren.

»Morgen Nachmittag musst du auch zum Blutabnehmen«, verkündete Celia. »Du und Nneka und eure Geschwister. Mama möchte sicher sein, dass alle Kinder, die hier mit mir auf dem Grundstück leben, vollkommen gesund sind.«

Jona

Es war schrecklich für mich, dass ich Limette am Sonntag nicht mehr besuchen konnte, aber Mama versicherte mir, dass Katzen ein völlig anderes Zeitgefühl hätten als Menschen und sich zudem Frau Deggers hingebungsvoll um sie kümmern würde. Und so verbrachte ich eine weitere halbwegs schlaflose Nacht in meinem neuen Zuhause, in dem ich mich völlig fehl am Platze fühlte.

Am Montagmorgen kam ich kaum aus dem Bett, doch zum Glück durfte Papa uns mit dem *unrichtigen* Porsche zum Kindergarten und zur Schule fahren, sodass uns zumindest für heute die große Unbekannte *neue Wegstrecke/neue Buslinie* erspart blieb.

Krister thronte stolz wie Oskar hinter dem Fahrersitz und ließ sich von seinen Freunden, die wie jeden Morgen auf dem Parkplatz neben dem Haupteingang der Grundschule auf ihn warteten, richtig feiern, wohingegen ich mich für diese total unpassende Protzigkeit fast ein wenig schämte. Aber dann bemerkte ich Mariel, die just in dem Moment, als Papa den Wagen in die Haltebucht des Schulbusses lenkte, um die Ecke kam, und schon änderte ich meine Meinung um hundertachtzig Grad.

Arletta, Tiffany und Neomi mochten in tollen Häusern wohnen und von ihren Eltern jeden erdenklichen Schnickschnack in den Allerwertesten geschoben bekommen, so ein schickes Auto wie diesen Porsche Panamera fuhren ihre Väter nicht. Und so ließ ich mich dazu verleiten, mich etwas theatralischer als sonst von Papa zu verabschieden und anschließend die Wagentür übertrieben schwungvoll zu öffnen.

Ich hörte einen heiseren Aufschrei, und im selben Moment brach Jona Schmiede, der Mädchenschwarm aus meiner Klasse, vor meinen Füßen zusammen.

»Oh, Scheiße!«, brüllte ich. »Hast du dir wehgetan?«

Anstelle einer Antwort kam von Jona nur Stöhnen.

»Es tut mir leid, es tut mir leid«, jammerte ich. »Papa, ich glaube, du musst einen Krankenwagen rufen.«

»Quatsch«, kam es nun von Jona. »Ich bin in Ordnung.« Er rappelte sich auf, fuhr mit den Handflächen über seine Jacke und grinste schief. »Es war nur der Schreck, ansonsten fehlt mir nichts.«

Ich starrte auf das Blut an seiner Jacke und das Loch in seiner Jeans direkt über dem Knie und stammelte: »Das kann nicht sein.«

Aus den Augenwinkeln bemerkte ich Mariel, die mit stur geradeaus gerichtetem Blick an uns vorbeimarschierte und keine Miene verzog.

Inzwischen war auch mein Vater ausgestiegen. Als er sah, dass Jona stehen konnte, begutachtete er erst mal die Autotür. »Lackschaden«, brummte er. »Und das gleich am ersten Tag.« Zornesröte breitete sich auf seiner Stirn aus. »Verdammt, Philippa, konntest du nicht aufpassen!«

»Es tut mir leid«, sagte ich noch einmal und zu Jona: »Du blutest.«

»Wo?«

»An deiner Hand. Ähm … du hast sie an deiner Jacke abgewischt. Außerdem ist deine Hose eingerissen.«

Jona schaute an sich herab.

»Och, das ist nicht so schlimm«, meinte er, während er seine Handflächen betrachtete. »Nur ein bisschen aufgeschürft. Und die Hose gehört sowieso schon zum alten Eisen.«

Ich sah ihn an und nickte, aber nicht wie ein Mensch, sondern eher wie ein Roboter. »Du solltest sie besser auswaschen.«

»Was? Die Hose?« Jona schüttelte den Kopf. »Das lohnt sich nicht mehr.«

»Doch nicht die Hose«, erwiderte ich. »Deine Hände.«

»Ach so«, sagte Jona, und obwohl das alles eigentlich gar nicht lustig war, mussten wir plötzlich beide lachen.

»Kann man Hände auswaschen?«, brachte er mühsam hervor. »Das hab ich nicht gewusst. Ehrlich nicht.«

»Ach, du«, gluckste ich. »Du bist ja vielleicht …«

»Was?«

»Na ja … ulkig.«

»Also ich finde hier überhaupt nichts ulkig«, drang die aufgebrachte Stimme meines Vaters in mein Ohr. »Wie soll ich das, bitte schön, Frau von Helsing erklären?«

Ich drehte mich zu ihm um und sah, dass er noch immer mit der Autotür beschäftigt war. Einen Lackschaden konnte ich dort allerdings nicht entdecken.

»Ich wette, es wird ihr überhaupt nicht auffallen«, sagte ich. »Sie selber fährt doch gar nicht Auto, oder?«

»Nein, aber ihr Mann.«

»Okay«, entgegnete ich. »Der ist im Augenblick aber nicht da.«

Papa kniff die Augen zusammen, und mir war sofort klar, dass meine Bemerkung wohl einen Tick zu vorlaut gewesen war.

»Ich werde es ihr beichten«, versprach ich. »Gleich heute Nachmittag.«

Mein Vater schob die Unterlippe vor und musterte mich nachdenklich.

»Also gut«, sagte er. »Ich nehme dich beim Wort.«

Ich nickte betreten, dann machte ich einen Schritt auf ihn zu und küsste ihn flüchtig auf die Wange. »Mach dir keine Sorgen, sie wird dir bestimmt nicht böse sein.«

Papa fasste mich bei den Schultern und sah mich durchdringend an.

»Du meinst, *dir* wird sie nicht böse sein.«

»Ja, klar, natürlich«, beeilte ich mich, ihm beizupflichten.

Zumindest hoffte ich das. Oder nein, halt. Im Gegenteil: Auf einmal war ich mir sogar sicher. Wenn Frau von Helsing wollte, dass ich Celias Freundin wurde, würde *ihr* daran liegen, *mich* nicht zu verärgern.

Diese Gedanken ließen mich innerlich zusammenzucken. Sie machten mich stark, und irgendwie gefiel mir das, doch auf der anderen Seite fühlte ich mich total mies, gerade weil mir so etwas durch den Kopf ging.

»Tschüs, Papa«, presste ich hervor. »Englisch fängt gleich an.«

»Okay«, sagte er. »Wann hast du heute Schluss?«

»Nach der sechsten.«

»Aha.« Er runzelte die Stirn. »Und wann ist das?«

»Äh … um …«

»Um fünf nach eins«, sagte Jona hinter mir.

Ich fuhr herum, denn ich hatte überhaupt nicht damit gerechnet, dass er noch immer dortstand.

»Wolltest du dir nicht das Blut abwaschen?«, rief ich verdattert.

»Glaub schon«, erwiderte Jona. »Aber zuerst wollte ich auf dich warten.«

Wir gingen zusammen aufs Mädchenklo. Erstaunlicherweise machte es Jona nicht das Geringste aus.

»Es ist doch nur der Waschraum«, meinte er lächelnd. »Ich glaube nicht, dass sich da jemand groß drüber aufregen wird.«

Ich nickte. Im Moment war außer mir ohnehin kein weiteres Mädchen hier. Es hatte bereits zum ersten Mal geklingelt, in wenigen Minuten würde der nächste Gong ertönen, und der bedeutete, dass der Unterricht begann.

»Frau Frönicke war noch nie pünktlich«, sagte Jona.

»Das ist doch jetzt eh egal«, gab ich zurück und fasste zögernd nach seinem Arm. »Zeig mir mal deine Hand.«

Bereitwillig hielt Jona sie mir entgegen. »Verstehst du was davon?«, fragte er. »Willst du später mal Krankenschwester werden? Oder Ärztin?«

»Nein.« Eine besondere Qualifikation war allerdings auch nicht nötig, um zu diagnostizieren, dass die Schürfwunden an seinen Ballen ziemlich übel aussahen. »Das muss ja höllisch wehtun!«, stieß ich hervor. »Mann, ich kann dir gar nicht sagen, wie leid mir das tut. Ehrlich!«

Wieder grinste Jona nur. Es war ein nettes Grinsen, das die Grübchen in seinen Wangen noch vertiefte und seine nussbraunen Augen zum Leuchten brachte. »Ach, weißt du, eigentlich ist es meine eigene Schuld gewesen«, sagte er. »Also mach dir bloß keine Vorwürfe.«

»Wieso? *Ich* hab die Tür doch aufgestoßen, ohne vorher nachzuschauen, ob der Bürgersteig frei ist.«

»Tja, und ich habe euer Auto nicht gesehen.«

»Wirklich?« Ich war überrascht. »Aber das ist ein …«

»Porsche Panamera.« Jona nickte und das Grinsen verschwand. »Ein Auto, das man eigentlich gar nicht übersehen kann. Schon klar.«

Ich sah ihn an. »Aber?«

»Na ja, ich war wohl ein wenig in Gedanken«, meinte er ausweichend.

Sein Blick glitt zur Seite, und mir war sofort klar, dass er nicht die Wahrheit sagte. Vielleicht hatte er den Porsche tatsächlich nicht gesehen, dann aber garantiert, weil er durch etwas anderes abgelenkt worden war, über das er nicht sprechen wollte.

In diesem Moment klingelte es zum zweiten Mal.

»Wir sollten uns beeilen«, sagte Jona und streckte seine Hände noch etwas weiter vor. »Ich hab zwar eine Entschuldigung, du aber nicht.«

Ich schüttelte unwillig den Kopf. »Das ist mir egal«, entgegnete ich, drehte den Wasserhahn auf und nahm ein Papiertuch aus dem Halter.

Jona hielt zuerst seine rechte Hand unter den Strahl und dann seine linke und ich wischte vorsichtig mit dem Papier den Schmutz aus den Wunden. Das eiskalte Wasser brachte den Blutfluss endgültig zum Stocken und nach dem Abtrocknen sahen die Verletzungen schon gar nicht mehr so schlimm aus.

»Danke schön«, sagte Jona. »Du bist wirklich sehr nett.«

Eine verlegene Hitze schoss mir hinter den Ohren hinauf und meine Wangen fingen an zu glühen. Hastig drehte ich mich zur Tür, drückte sie auf und schlüpfte in den Gang hinaus.

Ich hatte Jona nie besonders beachtet. Jungs, auf die so gut wie fast alle Mädchen standen, waren mir grundsätzlich nicht geheuer. Keine Ahnung, ob ich mit meiner Einschätzung richtig lag, aber ich befürchtete, dass sie nicht zu wahrer Freundschaft fähig sein würden. Jona hing zwar hin und wieder mit Nils und Jannik ab, doch einen richtigen Freund hatte er nicht. – Na ja, zumindest soweit ich das beurteilen konnte. Und wenn es tatsächlich so war, hatten wir jetzt etwas gemeinsam.

»Was ist eigentlich mit dir und Mariel los?«, fragte Jona, als hätte er meine Gedanken erraten. Ich hörte seine Schritte hinter mir, die eilig näher kamen. »Jetzt warte doch mal«, rief er. »Frau Frönicke wird dir schon nicht den Kopf abreißen, bloß weil du ein paar Minuten zu spät zum Unterricht erscheinst.«

»Vor zwei Minuten hast du etwas völlig anderes behauptet«, gab ich zurück, während ich noch einen Zahn zulegte.

»Hab ich nicht«, keuchte Jona.

»Stimmt«, gab ich zu und lief zielstrebig weiter.

»Ich hab bloß gemeint, dass du schon mal vorgehen solltest.«

»Ja, ja, ich weiß.«

Ich hatte keine Lust auf diese Haarspalterei. Und mit ihm über mich und Mariel reden wollte ich schon gar nicht. Jona schien jedoch etwas anderes im Sinn zu haben, denn er holte auf, hielt das Tempo und guckte mich unverwandt von der Seite an. Also begann ich zu rennen.

Meine Schritte hallten durch den Flur und die von Jona hallten neben meinen. Schließlich zog er an mir vorbei, war als Erster an der Klassenzimmertür und riss sie auf, ohne anzuklopfen.

Natürlich war Frau Frönicke schon da, und sie sah nicht gerade erfreut aus, als sie uns erblickte.

»Es ist nicht Philippas Schuld!« Jonas Stimme überschlug sich fast. »Ich bin gestürzt, und sie hat mir geholfen, die Wunden zu säubern.«

Er hechtete auf unsere Englischlehrerin zu und hielt ihr seine Hände unter die Nase.

Frau Frönicke wich einen Schritt zurück.

»Nicht so stürmisch, junger Mann, nicht so stürmisch«, sagte sie lächelnd, und die Hälfte der Klasse grölte los.

Diese Hälfte waren die Jungs. Die Mädchen saßen wie versteinert da und starrten Jona an, als wäre er ein Alien.

»Schsch!« Frau Frönicke hob mahnend ihre Hand. »Öffnet eure Hausaufgabenhefte. Und ihr …«, sie drehte sich wieder zu Jona und mir um, »… seid entschuldigt.«

Die ganze Doppelstunde über saßen Mariel und ich nebeneinander wie zwei fest im Boden verankerte Stahlpfosten. Mein Herz klopfte mir bis in die Ohren hinauf, und ich atmete so hektisch und so unregelmäßig, dass mir schwindelig wurde. Garantiert würde ich jeden Augenblick ohnmächtig vom Stuhl kippen, aber das war mir gleichgültig. Mariel sollte ruhig sehen, was sie mit ihrer Unbarmherzigkeit anrichtete.

Weder sie noch ich beteiligten uns am Unterricht, und noch nie hatte es mich eine solche Mühe gekostet, die schriftliche Aufgabe zu erledigen, die uns Frau Frönicke wie immer zu Beginn der zweiten Stunde erteilte. Als dann nach einer Ewigkeit endlich der Pausengong ertönte, sprang Mariel wie von der Tarantel gestochen auf und sprintete aus dem Klassenraum – und ich blieb wie ein begossener Pudel auf meinem Platz zurück.

»Was ist los mit euch?«, hörte ich Jona fragen.

Ich hatte nicht bemerkt, wie er neben mich auf Mariels Stuhl gesunken war, ja ich hatte nicht einmal mitbekommen, dass meine Klassenkameraden inzwischen alle auf den Gang hinausgeströmt waren. Nur Frau Frönicke stand noch vorne an der Tafel und sah mit gespitzten Lippen zu uns herüber.

»Braucht ihr eine Extraeinladung?«, fragte sie. »Oder wollt ihr etwa die versäumten Minuten von vorhin nachholen?«

Jona zuckte mit den Schultern. »Wenn wir das dürfen …?«

»Ihr wisst, dass das nicht geht«, sagte Frau Frönicke seufzend. »Ich möchte gerne in die Pause und ich muss den Raum abschließen.«

Jona berührte meine Schulter. »Na komm schon«, sagte er leise.

Ich zuckte zusammen, als ob ich vom Blitz getroffen worden wäre, schoss in die Höhe und steuerte auf die Tür zu.

Diesmal hielt Jona von Anfang an Schritt mit mir. Ich achtete nicht darauf, wohin ich lief, ich wollte nur nicht stehen bleiben. Denn ich wusste, wenn ich stehen blieb, war das das Ende.

»Verdammt noch mal, Philippa!« Jona packte mich am Arm. Ich geriet ins Stolpern, versuchte mich zu fangen und stand plötzlich im wahrsten Sinne des Wortes mit dem Rücken an der Wand. »Sag doch endlich mal, was los ist.«

»D-das geht dich … nichts an«, stammelte ich.

Jona bohrte seinen Blick in meine Augen.

»Stimmt«, sagte er schließlich, biss sich auf die Lippe und machte einen Schritt rückwärts, damit ich weiterlaufen konnte. Aber ich lief nicht weiter. Stattdessen fing ich an zu heulen.

»Philippa!«, rief Jona bestürzt.

»Mariel hat mir die Freundschaft gekündigt«, presste ich unter Tränen hervor. »I-ich bin ihr ni-nicht mehr gut g-genug.«

Jona schüttelte den Kopf. »Was soll das denn heißen?«

Tja, wie sollte ich ihm das erklären? Noch dazu, da ich vor lauter Schluchzen kaum ein verständliches Wort herausbrachte!

Ich drehte mich zur Seite, damit Jona mir nicht mehr ins Gesicht schauen konnte, und wischte mir unablässig mit dem Handrücken über die Augen. Doch dummerweise strömten immer neue Tränen nach Ach herrje, hatte ich nicht geahnt, dass genau das passieren würde? Warum musste dieser Blödmann mir auch so auf die Pelle rücken! Hatte er nichts Besseres zu tun?

»Wenn du hier wartest, hole ich dir ein Taschentuch«, sagte er jetzt. »Aber nur, wenn du wartest.«

Ich antwortete nicht.

»Also wartest du nicht, hab ich recht?«

Ich schniefte wortlos vor mich hin.

»Okay.« Jona räusperte sich. »Es muss dir nicht peinlich sein. Ob du's glaubst oder nicht, ich hab auch schon mal geheult. Und ich weiß genau, wie es ist, wenn man einen Freund verliert. Ich hatte nämlich auch mal einen. Er hieß Felix. Mit ihm konnte ich über alles reden und er hat jeden Scheiß mitgemacht.«

Jonas Worte blieben eine Weile zwischen uns in der Luft hängen. Er sagte nichts mehr, und ich sagte auch nichts, obwohl mir klar war, dass jetzt ich an der Reihe war. Doch blöderweise strömten mir mittlerweile nicht mehr nur die Tränen aus den Augen, sondern auch der Rotz aus der Nase. Ich wäre eher tot umgefallen, als Jona ins Gesicht zu sehen.

»Ich hol dir jetzt ein Taschentuch«, sagte er nach ein paar weiteren Sekunden Schweigens.

Jona entfernte sich schnell und lautlos und ebenso schnell und lautlos war er nach kurzer Zeit auch schon wieder da. Er reichte mir ein Papiertaschentuch, das ich hastig ergriff. Ich wischte mir über die nass geweinten Lider und schnäuzte mir gründlich die Nase, bevor ich mich traute, Jona anzusehen.

Er hielt noch ein ganzes Päckchen Taschentücher in der Hand. »Geht es dir besser?«

Ich nickte.

»Was ist mit Felix passiert?«, krächzte ich.

»Er ist weggezogen«, sagte Jona. »Leider ziemlich weit weg.«

»Und wohin?«

»Nach Kalifornien. Die Firma seiner Mutter hat dort ein Tochterunternehmen gegründet und ihr die Leitung einer wichtigen Abteilung angeboten.«

»Hast du ihn dort mal besucht?«, fragte ich.

»Ich wollte«, erwiderte Jona. »Felix' Eltern haben mich sogar eingeladen. Aber so ein Flug ist ziemlich teuer. Mein Vater konnte das nicht bezahlen.«

Oh ja, das Gefühl, für irgendetwas nicht genügend Geld zu haben, kannte ich nur zu gut!

»Wann ist er denn weggezogen?«

»Vor über einem Jahr.«

»Und ihr habt gar keinen Kontakt mehr?«

Jona zuckte die Achseln. »Na ja, manchmal schreiben wir uns übers Chat. Aber das ist eher selten. Natürlich hat Felix einen Haufen neuer Freunde gefunden. Er spielt Baseball und spricht perfekt Englisch. Da kann ich nicht mehr mithalten.«

»Dann geht es dir so wie mir«, gab ich zurück. »Ich kann mit Mariel auch nicht mehr mithalten. Sie findet meine selbst gestrickte Mütze, mein Perlen-T-Shirt und mein altmodisches Handy peinlich. Na egal«, setzte ich abwinkend hinzu, »das ist mittlerweile sowieso kaputt.«

»Echt?«, fragte Jona.

»Mhm. Ich hab es vor Wut an die Wand geschmissen. Danach war es hin.«

Jona blähte die Backen. Irgendwie wirkte er irritiert. »Ich meinte eigentlich Mariel. Also, ich hätte nie gedacht …« Er brach ab und machte eine unwillige Geste, bevor er seine Hände in die Hosentaschen schob und sich neben mich an die Wand lehnte.

»Was?«

»Na, dass Mariel so ist …«

Jona presste die Lippen aufeinander und wich meinem Blick aus. Und mit einem Mal zündete ein Feuerwerk der Erkenntnis in meinem Gehirn: Jona hatte nicht geschwindelt. Er hatte den Porsche tatsächlich nicht bemerkt, weil er SIE gesehen hatte. Er hatte Mariel hinterhergeschaut!

»Du hast sie gern«, stellte ich überrascht fest.

Jona nickte. Noch immer konnte er mich nicht angucken. Dann hob er die Schultern und seufzte tief. »Na ja, sagen wir eher mal, ich *hatte* …«

Unzumutbare Erwartungen

Nach der Schule begleitete Jona mich in die Marillenstraße. Auf der Fahrt dorthin erzählte ich ihm alles. Von meinem Streit mit Mariel. Von unserem Hals-über-Kopf-Umzug. Von der seltsamen Frau von Helsing und ihrer eingebildeten Zickentochter Celia. Und natürlich auch von Nneka und Ayo und meinem Gefühl, dass Frau von Helsing sowohl die afrikanische Familie als auch uns nur deshalb in ihrem Gästehaus wohnen ließ, weil Nneka und ich im gleichen Alter wie Celia waren.

»Kapierst du, Jona, sie sucht krampfhaft Freundinnen für ihre bescheuerte Tochter«, versuchte ich ihm klarzumachen. »Mit Nneka hat es nicht geklappt und jetzt bin ich an der Reihe.«

»Komisch«, sagte Jona und tippte sich an die Schläfe. »Dass manche Leute echt denken, sie könnten sich für Geld alles kaufen.«

Er folgte mir durch den Torweg in den Innenhof und blickte staunend in die knospende Krone der Kastanie hinauf.

»Mann, das ist ja cool hier!«, rief er aus. »Dass es so etwas gibt! Mitten in der Stadt!«

Wenig später saßen wir nebeneinander in meinem

Zimmer auf dem Bett und kraulten Limette, die sich zwischen uns auf den Rücken geworfen hatte und schnurrte, was das Zeug hielt.

»Ich kann verstehen, dass du nicht von hier wegwolltest«, sagte Jona.

»Das will ich noch immer nicht«, erwiderte ich.

»Dann freunde dich doch mit Nneka an und lass diese Celia einfach links liegen«, schlug Jona vor und strich die schwarze Ponysträhne, die ihm ins Gesicht gefallen war, zur Seite. Er trug die Haare etwas länger als die meisten anderen Jungs, und ich fand, dass ihm das sehr gut stand. »Vielleicht entlässt sie deinen Vater dann ja noch in der Probezeit«, setzte er zwinkernd hinzu.

»Keine schlechte Idee«, murmelte ich, und schon hatte ich Papas panischen Blick von heute Morgen vor Augen, als er begriff, dass ich Frau von Helsings wertvolles Auto beschädigt hatte.

Es war wirklich ein Kreuz. Wie die meisten Dinge hatte auch Jonas Vorschlag seine zwei Seiten. Denn das Glück des einen bedeutete automatisch das Unglück des anderen. Irgendwie musste ich einen Mittelweg finden – und verdammt noch mal, das würde ich auch! Aber wie gesagt, damals konnte ich ja noch nicht ahnen, dass das Schicksal etwas komplett anderes im Schilde führte.

»Musst du eigentlich gar nicht nach Hause?«, fragte ich und stand mit einem Ruck vom Bett auf.

»Doch«, sagte Jona, während er sich ebenfalls erhob. »Meine Mutter wartet schon seit anderthalb

Stunden mit dem Essen auf mich. Aber zum Glück habe ich ja eine Entschuldigung.«

Ich sah ihn stirnrunzelnd an, woraufhin er mir seine Hände entgegenhielt. »Ich bin gestürzt und musste mir im Krankenzimmer die Hände verbinden lassen.«

»Die sind doch gar nicht verbunden«, erwiderte ich.

»Dann sollten wir das vielleicht noch schnell nachholen«, meinte Jona und grinste schief.

Es dauerte eine weitere Viertelstunde, bis ich Jona die Hände verbunden hatte, und leider sah es nicht gerade professionell aus.

»Frau Langhans hätte es auch nicht besser gemacht«, sagte Jona.

Ich schüttelte den Kopf.

Frau Langhans war unsere Sekretärin, und sie war alles andere als eine Anfängerin, was das Verarzten von Schülern betraf.

»Du bist ein Blödmann«, sagte ich scherzend.

»Keine Sorge, ich werde auf jeden Fall Ärger bekommen«, meinte Jona schmunzelnd, als er um kurz nach drei in seinen Bus stieg. »Aber das wird mich nicht davon abhalten, deine Katze noch einmal zu besuchen. Das heißt, natürlich nur, wenn du damit einverstanden bist.«

Na klar war ich das! Ich war sogar sehr froh darüber, dass er das in Betracht zog. Im Moment war Jona der

Einzige, der weder so richtig mit meinem alten noch mit meinem neuen Leben zu tun hatte. Ich empfand ihn als neutrale Person, als jemanden, der – abgesehen von besagtem *Lackschaden* – in keine meiner Angelegenheiten verstrickt war. Ihm konnte ich alles erzählen. Und was das Tollste war: Er hörte mir zu.

Ich bekam ebenfalls ziemlichen Ärger, weil ich zu spät nach Hause kam, aber das schluckte ich hinunter wie eine notwendige Medizin. Ich versuchte nicht einmal, mich herauszureden, von wegen, ich hätte doch nicht gewusst, welchen Bus ich nehmen müsste, und wäre durch die halbe Stadt gefahren, ehe ich endlich die richtige Linie erwischt hätte. Nein, ich gestand frei heraus, dass ich in der Marillenstraße gewesen war und mit Limette gekuschelt hatte, und ich kündigte an, dass ich das ab sofort jeden Tag so machen würde.

»Und was ist mit dem Mittagessen?«, entgegnete Mama.

»Das wärme ich mir später einfach auf«, gab ich zurück. Wozu hatte unsere neue ultramoderne Küche schließlich eine Mikrowelle!

Meine Mutter lamentierte ein wenig herum und ich tat es ebenfalls. Wir wurden uns nicht einig, aber ich spürte, dass sie bereit war, mir zumindest fürs Erste eine gewisse Narrenfreiheit zu gewähren, und das würde ich eben ausnutzen – wenn auch mit schlechtem Gewissen.

»Frau von Helsing hat mir übrigens angeboten, dass ihr Hausarzt einen regelmäßigen Gesundheitscheck bei Josi, Krister und dir durchführt«, sagte Mama. »Die Ndiayes machen davon Gebrauch, also tun wir das natürlich auch.«

Ich wollte gerade fragen, wer denn die Ndiayes seien, da kapierte ich, dass damit nur Nneka und Ayo gemeint sein konnten.

»Wieso eigentlich bloß bei uns Kindern?«, hakte ich nach.

»Wahrscheinlich weil der Doktor ein Kinderarzt ist«, meinte Mama. »Frau von Helsing legt nun einmal Wert darauf, dass die Kinder, die hier auf dem Grundstück leben und mit Celia Umgang haben, gesund sind«, fügte sie erklärend hinzu. Und damit war das Thema erledigt.

Ayo, Nneka, meine Geschwister und ich gingen am späten Nachmittag brav zur Villa hinüber und ließen uns von einem ernst dreinblickenden älteren Herrn, der sich als Doktor Hermann Lessen vorstellte, Blut abzapfen. Das Ganze fand im Steinhaufensalon statt, wie Krister dieses Zimmer inzwischen getauft hatte.

»Nächste Woche bekommen eure Eltern Bescheid, ob alles in Ordnung ist«, sagte Doktor Lessen, und das war es dann auch schon.

»Er hat mich ja nicht mal abgehorcht«, beschwerte sich Josefine, als wir wieder allein waren. »Doktor Volkmann macht das immer. Und der ist sowieso viel netter.«

Das fand ich auch, sagte es aber nicht. Ich wunderte

mich ohnehin, dass meine Schwester sich so einfach in den Arm hatte piksen lassen. Bisher hatte sie bei jeder Impfung ein Riesentheater gemacht. Aber wahrscheinlich wollte sie sich vor Ayo und Nneka keine Blöße geben.

»Geht ihr schon mal rüber«, sagte ich. »Ich muss noch mit Frau von Helsing reden.«

»Worüber denn?«, fragte Josi.

»Das ist meine Privatsache.«

»So, so«, sagte Nneka und zwinkerte mir vielsagend zu. Dabei konnte sie gar nicht wissen, worum es ging, denn bisher hatte ich niemandem von meinem kleinen *Unfall* erzählt, und ich hatte auch nicht vor, es zu tun.

Evelyn führte mich durch die Eingangsdiele und ein geräumiges Arbeitszimmer in einen riesigen Wintergarten voller exotischer Pflanzen. Inmitten von Kokospalmen, Kakteen und bunten Blumen, die wie Drachen, Staubwedel oder seltsame Früchte geformt waren, saß Frau von Helsing auf dem Sofa einer weißen Rattangarnitur und blätterte in einer Zeitschrift, die sie sofort zur Seite legte, als sie mich bemerkte. »Hallo, Philippa!«, begrüßte sie mich. »Wie schön, dass du mich besuchst. Bitte setz dich doch!«

Sie wies auf einen der vier Sessel, die um den Tisch gruppiert waren, und ich ließ mich langsam auf das orangefarbene Sitzkissen sinken.

»Ähm … Ich wollte Sie eigentlich gar nicht besuchen«, stammelte ich. Ich hatte es mir so leicht vorgestellt, aber jetzt, zwischen all den riesigen Pflanzen und dem ganzen offensichtlichen Reichtum kam ich mir mit einem Mal klein und unwichtig vor.

Auf Frau von Helsings Stirn bildete sich eine Falte.

»Ich muss Ihnen etwas beichten«, sagte ich hastig, bevor ich es mir womöglich noch anders überlegte und diese Angelegenheit entgegen meinem Versprechen doch lieber meinem Vater überließ.

Die Falte auf Frau von Helsings Stirn wurde noch ein wenig tiefer. »So?«

»Ja … ähm, ich bin heute Morgen etwas zu schwungvoll aus dem Auto gestiegen«, ratterte ich nach anfänglichem Stocken herunter. »Ein Junge ist gegen die Wagentür geknallt und hat einen Lackschaden verursacht.«

»Oh, mein Gott!« Frau von Helsing wurde blass und mir sank das Herz in die Hose. Ich erwartete eine Schimpfkanonade, die in der Ankündigung gipfelte, dass mein Vater auf der Stelle entlassen sei und wir das Gästehaus noch heute wieder verlassen müssten, aber stattdessen fragte sie: »Ihm ist hoffentlich nichts passiert?«

Ich sah sie verständnislos an.

»Nee, nur der Lackschaden«, sagte ich dann.

Frau von Helsing lächelte milde. »Ich meinte eigentlich den Jungen.«

»Jona?«

Wieder runzelte sie die Stirn. »Wenn er so heißt …?«

»Ja, ähm … nein, ähm …«

Plötzlich war ich völlig von der Rolle und wusste gar nicht mehr, was ich antworten sollte. Frau von Helsing zog dennoch die richtigen Schlüsse.

»Der Junge heißt also Jona und ihm ist nichts passiert, richtig?«, vergewisserte sie sich.

Ich nickte. »Genau. Das heißt, er hat sich die Hände aufgeschürft und seine Jeans ist über dem Knie zerrissen. Der Lackschaden befindet sich an der Autotür«, erklärte ich, heilfroh darüber, dass ich wieder in vollständigen Sätzen sprechen konnte. »Es ist alles meine Schuld und es tut mir wirklich sehr leid.«

»Ach.« Frau von Helsing machte eine wegwerfende Handbewegung. »Erstens ist der Wagen vollkaskoversichert und zweitens ist ein Lackschaden ohnehin kein Weltuntergang. Hauptsache, Jona ist wohlauf. Mit den Verletzungen sollte er allerdings vorsichtshalber zum Arzt gehen.«

»Sooo schlimm sind sie nicht«, wandte ich ein. »Wir haben seine Hände gewaschen und einen Verband angelegt.«

»Trotzdem«, sagte Frau von Helsing. »Und was die Jeans betrifft: Die werde ich ihm selbstverständlich ersetzen.«

Ich starrte sie an. »Aber wieso? Ich bin doch gar nicht Ihr Kind!«

Frau von Helsing guckte mich ganz komisch an, so als ob ich plötzlich Chinesisch geredet hätte, und um ihre Mundwinkel zuckte es. »Nein«, sagte sie schließlich. »Aber es ist mein Wagen, der den Schaden verursacht hat. Oder sehe ich das falsch?«

Eigentlich wollte ich »ja« erwidern, aber ich spürte, dass das nicht hilfreich sein würde, also antwortete ich: »Nein.«

»Gut.« Sie nickte und sah nun sehr zufrieden aus. »Dann frag Jona bitte, was die Hose gekostet hat. Vielleicht haben seine Eltern ja sogar noch die Rechnung, dann könnte ich sie bei der Versicherung einreichen.«

»Okay«, sagte ich und erhob mich langsam, doch Frau von Helsing bedeutete mir, dass ich mich wieder hinsetzen sollte.

»Möchtest du etwas trinken?«

Ich schüttelte den Kopf. »Nein. Vielen Dank.«

Meine Reaktion schien ihr nicht zu gefallen. Sie sagte zwar nichts, aber ich merkte es ihr an, also tat ich so, als machte ich es mir in dem Sessel bequem.

»Jona geht also auf deine Schule?«, erkundigte Frau von Helsing sich nun.

»Ja«, sagte ich, »in meine Klasse.«

»Bist du mit ihm … befreundet?«

»Ja«, antwortete ich zögernd. »Aber nicht so, wie Sie denken«, beeilte ich mich hinzuzufügen.

Frau von Helsing lächelte abermals. »Na ja, es geht mich im Grunde ja auch nichts an«, erwiderte sie dann. »Eines würde mich allerdings schon noch interessieren …«

Ich bemühte mich, offen zu wirken, was mir schwerfiel, denn eigentlich verursachte mir jede ihrer Fragen einfach nur ein mulmiges Gefühl. Mittlerweile empfand ich mich gar nicht mehr als mächtig. Im Gegenteil: Ich hatte fast Angst davor, ein Angebot von ihr zu bekommen, das ich nicht annehmen wollte.

»Gehst du gern auf diese Schule?«

»Klar«, sagte ich. »Es ist eine tolle Schule. Wir haben viele coole Lehrer und meine Freunde sind auch alle da.«

Letzteres entsprach natürlich nicht ganz der Wahrheit. Ich kannte zwar eine Menge Leute dort, so richtig dick befreundet war ich jedoch nur mit Mariel gewesen. Und wie sich die Sache mit Jona entwickelte, blieb abzuwarten. Möglicherweise litt er bereits morgen unter Gedächtnisschwund und beachtete mich überhaupt nicht mehr. Bei Jungs wusste man ja nie so genau.

»Du könntest dir also nicht vorstellen, zum nächsten Schuljahr die Einrichtung zu wechseln?«, bohrte Frau von Helsing nach, und ich zuckte vor Schreck zusammen.

Was? – »Nein!«

»Keine Angst«, sagte sie schnell. »Das musst du auch nicht. Es war bloß eine Frage.« Jetzt bekam ihr Gesicht einen lauernden Ausdruck. »Du weißt ja, dass ich mich sehr darüber freuen würde, wenn du dich mit Celia anfreunden könntest.«

Ich zuckte abermals zusammen und verfluchte mich dafür, dass ich meine Reflexe nicht besser unter Kontrolle hatte. Glücklicherweise war Frau von Helsing mir deswegen aber nicht böse.

»Ich weiß, dass Celia schwierig ist«, sagte sie frei heraus. »Ich fürchte, ich habe sie ein wenig verzogen und am Ende viel zu spät gemerkt, in welche Richtung sie sich entwickelt. Selbstverständlich ist mir klar, dass du meinen Fehler nicht ausbügeln kannst... Und ich will dich auch zu nichts zwingen, aber ich würde mir wünschen, dass du hin und wieder herüberkommst, um mit mir und Celia zu plaudern.«

Da war es also, das Angebot, beziehungsweise die Bitte, die ich nicht abschlagen konnte. Jedenfalls nicht einfach so. Schon verrückt! Gestern noch hatte ich es kaum erwarten können, herauszufinden, ob Papas neue Arbeitgeberin es mehr auf mich abgesehen hatte als auf ihn, und jetzt, da meine komische Ahnung immer konkreter wurde, saß ich plötzlich in der Zwickmühle.

»Okay«, sagte ich und stand erneut auf. »Ich muss jetzt aber wirklich wieder rüber. Ich habe meine Sachen noch nicht fertig eingeräumt und außerdem haben wir eine Menge Hausaufgaben aufbekommen.«

»Ja, natürlich.« Frau von Helsing erhob sich ebenfalls, kam um den Tisch herum und legte mir sanft ihre Hände auf die Schultern. »Ich bin sicher, Celia wird dich mögen. Und du sie auch. Ihr braucht einfach nur ein bisschen Zeit, um euch aneinander zu gewöhnen.«

Frühlingsereignisse

Obschon in den beiden Wochen vor den Osterferien noch eine ganze Menge passierte, zogen sie sich verdammt langsam dahin, was vor allem damit zusammenhing, dass die Situation zwischen Mariel und mir immer quälender wurde und ich mich in meiner neuen Wohnumgebung alles andere als wohlfühlte.

Der Porsche Panamera kam in eine Werkstatt, in der der ohnehin kaum sichtbare Lackschaden behoben wurde. Jona hatte ich gleich am nächsten Tag nach meinem Gespräch mit Frau von Helsing um die Rechnung für seine Jeans gebeten, woraufhin er einen Lachanfall bekam und mir erklärte, dass er die Hose von seinem älteren Bruder geerbt habe und ein Kaufbeleg darüber garantiert nicht mehr existiere.

Ich beschloss also, die Sache auf sich beruhen zu lassen, denn ich legte ohnehin keinen Wert darauf, Frau von Helsing oder gar Celia über den Weg zu laufen. Präzise ausgedrückt: Ich mied die Villa wie die Pest, und mit jedem Tag, den ich mich dort nicht blicken ließ, wuchs mein schlechtes Gewissen, bis es mich fast zu erdrücken begann. Dabei hatte ich im Grunde überhaupt nichts versprochen, nämlich weder einen bestimmten Zeitpunkt für meinen nächsten Besuch angekündigt noch irgendwelche Zusagen über ihre Häufigkeit gemacht, sondern bloß »okay« gesagt.

Doch genau dieses schlichte Okay war nun das, was mich fertigzumachen begann, bis Frau von Helsing eine Woche nach unserem Gespräch im Wintergarten schließlich höchstpersönlich bei uns auftauchte, sich bei Mama danach erkundigte, ob wir uns auch gut eingelebt hätten, und sich von ihr die Wohnung zeigen ließ, in der wir bisher so gut wie gar nichts verändert hatten. Als Letztes kam sie in mein Zimmer, sah sich lächelnd um und drückte mir schließlich hundertfünfzig Euro für Jonas eingerissene Jeans in die Hand. Ich bekam fast einen Atemstillstand, denn ich hatte noch nie in meinem Leben so viel Geld auf einen Haufen gesehen, und ließ die Scheine vor Schreck zu Boden segeln.

Frau von Helsing hob sie auf, legte sie auf meinen Schreibtisch und fragte: »Geht es deinem Freund inzwischen besser?«

»J-ja klar«, stammelte ich. »Seine Hände waren ja nur ein bisschen aufgeschürft.«

Frau von Helsing nickte und tippte auf die Geldscheine. »Sag ihm bitte einen ganz herzlichen Gruß von mir und dass ich mich sehr freuen würde, ihn einmal persönlich kennenzulernen.«

Ich starrte sie an, als wäre sie ein Wesen von einem anderen Stern – und ein bisschen war es ja auch so.

»Ähm … okay …?«, entgegnete ich abwartend.

»Oder hast du gar keinen so engen Kontakt zu ihm?«, bohrte sie nach.

Das war schon wieder so eine Frage, die darauf abzielte, ob ich mit Jona zusammen war, aber ich traute mich nicht, Frau von Helsing darauf hinzuweisen, dass es meine Privatsache war. »Ähm… naja… eigentlich sehen wir uns nur in der Schule«, bröckelte es aus mir hervor – was nicht stimmte, denn Jona begleitete mich fast jeden Tag in die Marillenstraße, um Limette zu versorgen und mit ihr zu schmusen.

»Also gut.« Frau von Helsing seufzte leise, dann lächelte sie wieder. »Aber das Geld für die Jeans kannst du ihm doch geben, oder?«

»Ja, ja, klar!« Ich war froh, dass ich zur Abwechslung mal wieder eine Antwort in normaler Geschwindigkeit zustande gebracht hatte.

»Gut.« Frau von Helsing sah mich an. Das Lächeln war verschwunden, und in ihren Augen lag ein seltsamer Ausdruck, den ich nicht einordnen konnte und der mir ein wenig Unbehagen verursachte.

»Ich komm dann demnächst mal vorbei«, äußerte ich hastig.

»Ja.« Sie nickte und das Lächeln kehrte in ihr Gesicht zurück. »Celia hat gesagt, dass sie sich über deinen Besuch sehr freuen würde. Im Augenblick hat sie allerdings eine Menge um die Ohren und in den Osterferien werden wir verreisen.«

»Oh!«, sagte ich und bemühte mich, mir meine Erleichterung nicht anmerken zu lassen.

»Was du dir allerdings auf jeden Fall jetzt schon in deinem Kalender notieren solltest, ist Folgendes: Mitte Juni veranstalten wir ein großes Gartenfest und zu dem sind natürlich auch deine und Nnekas Familie und eure Freunde herzlich eingeladen.«

»Oh!«, sagte ich noch einmal und erlaubte mir ein Lächeln, obwohl mir eigentlich gar nicht danach zumute war. Ehrlich gesagt, wusste ich mittlerweile überhaupt nicht mehr, wie ich mich Frau von Helsing gegenüber verhalten sollte.

»Wie schön, dass du dich darauf freust«, meinte sie nun, und ihre Augen strahlten richtig.

Ich strahlte ebenfalls, denn es schien mir das Beste zu sein. Prinzipiell war eine Gartenparty natürlich cool. Ich befürchtete jedoch, dass sie bei den von Helsings ziemlich pompös ausfallen und ich mich dort alles andere als wohlfühlen würde. Aber Mitte Juni war zum Glück ja noch eine Ewigkeit hin.

Am nächsten Tag nahm ich die hundertfünfzig Euro für Jona mit in die Schule. Ich hatte die drei Scheine winzig klein zusammengefaltet und in einen Badmintonball gestopft, den ich extra für diese Zwecke aufgeschlitzt hatte. Den Ball wiederum hatte ich in eine Socke gesteckt und diese dann in die untere linke Ecke meines Rucksacks geschoben. Trotzdem rechnete ich während der gesamten Busfahrt damit, überfallen zu werden.

Dummerweise hatte der Bus auch noch Verspätung, sodass ich Jona erst im vollen Klassenraum antraf. Ich saß noch immer neben Mariel, und ich versuchte auch immer noch, mit ihr ins Gespräch zu kommen, indem ich sie nach einem Schmierblatt oder einem Radiergummi fragte, aber sie behandelte mich wie Luft.

Natürlich hatte inzwischen jeder mitbekommen, wie es um uns bestellt war, weshalb wir nicht nur stets von allen Seiten sensationslüstern beobachtet wurden, sondern uns auch noch ständig dumme Sprüche anhören mussten, was Mariel offensichtlich genauso nervte wie mich.

»Warum setzt du dich nicht einfach weg?«, fragte Jona mich, als wir zu Beginn der ersten großen Pause den Gang entlang in Richtung Schulhof schlenderten. Den Badmintonball mit dem Geld darin hatte ich mir in die Tasche meiner Steppweste gesteckt und hielt ihn fest umklammert.

»Weil ich nicht will«, sagte ich. »Verstehst du, ich will einfach nicht aufgeben. Noch nicht.«

»Irgendwann tut *sie* es«, erwiderte Jona. »Ich wette, nach den Osterferien.«

Das wollte ich einfach nicht glauben. Und außerdem: »Wo soll sie sich denn hinsetzen?«

»Neben Bilal ist noch ein Platz frei.«

Ich schüttelte den Kopf. »Das macht sie nicht. Niemals.«

Mariel hatte noch nie neben einem Jungen gesessen, nicht mal in der Grundschule, trotzdem spürte ich, wie in mir ein leiser, verzweifelter Zorn hochkochte.

Jona verlangsamte sein Tempo und blieb an der Ecke vor der Treppe, die in den Nawi-Trakt führte, stehen. »Ich könnte ihn fragen, ob er mit mir tauscht«, sagte er zaudernd.

»Ja und?«, erwiderte ich viel zu schnell. »Was soll das bringen? Willst du etwa ...?« Oh Mist! So langsam begriff ich.

Jona sah mich an. »Ich würde sogar sehr gern neben dir sitzen.«

Uff! Das war vielleicht ein Angebot. Anstelle des Zorns fing nun mein Blut an zu kochen und bescherte mir einmal mehr einen Satz glühend heißer Ohren.

»Das ... ähm, ist echt nett von dir«, stotterte ich los. »Ich denk drüber nach, okay?«, haspelte ich weiter, und um vom Thema abzulenken, zog ich rasch den Badmintonball aus meiner Westentasche. »Das hat mir übrigens Frau von Helsing für dich mitgegeben.«

»Was? Einen Federball?« Jona griente von einem Ohr zum anderen.

»Quatsch«, sagte ich, pulte die zusammengefalteten Geldscheine heraus und hielt sie ihm unter die Nase. »Hier. Für die kaputte Jeans.«

Ich hatte es kaum ausgesprochen, da kam jemand hinter der Wand zum Treppenabgang hervor. Mein Herzschlag geriet sofort ins Stocken, als ich erkannte, dass es Mariel war. Logisch bemerkte sie Jona und mich ebenfalls. Sie stutzte, schien ein paar Sekunden zu überlegen, ob sie einfach weiterlaufen sollte, doch dann schnaubte sie plötzlich laut aus und baute sich mit in die Taille gestemmten Fäusten vor mir auf. »Ts! So weit ist es also schon mit dir gekommen, dass du dir Freundschaften erkaufen musst«, blaffte sie.

Ich war so perplex, dass ich nicht wusste, was ich sagen sollte.

»Wie lange hast du denn sparen müssen, um fünfzig Euro zusammenzukriegen, he? Oder hast du das Geld etwa geklaut?«

Ich starrte sie an und verstand die Welt nicht mehr. Wie konnte sie bloß so etwas von mir denken? Ich hatte noch nie jemandem was geklaut, das wusste auch Mariel ganz genau! Und warum, zum Teufel, redete sie auf einmal mit mir? ... Nur um sich aufzuregen? Wo ich doch schon seit fast zwei Wochen nichts weiter als Luft für sie gewesen war!

»Komm«, sagte Jona. Er fasste mich am Arm und zog mich von ihr weg. »Das musst du dir nicht gefallen lassen. Wirklich nicht.«

Ich folgte ihm widerstrebend, den Blick noch immer auf Mariel gerichtet. Auch sie guckte mir kurz hinterher, dann warf sie ihren Kopf in den Nacken und stolzierte in der entgegengesetzten Richtung davon.

»So eine selten dumme Kuh«, platzte Jona heraus, als wir die Tür zum Schulhof erreicht hatten. »Entschuldigung«, beeilte er sich hinzuzufügen. »Ich weiß, du magst sie noch ... im Gegensatz zu mir übrigens ... was ich echt nicht verstehe.«

»Ich auch nicht«, murmelte ich. »Vor allem aber verstehe ich nicht, warum sie mich plötzlich so hasst.«

»Tja ...« Jona hob hilflos die Schultern. »Keine Ahnung.«

Er drückte die Tür auf und ein lauer Wind schlug

uns entgegen. Es war schon irre, wie viel sich innerhalb so kurzer Zeit so grundlegend ändern konnte. Nicht nur dass ich meine beste Freundin verloren hatte und woanders wohnte, sogar das Wetter hatte von fast-noch-Winter in beinahe-schon-Sommer umgeschlagen.

»Übrigens: Die Jeans hat nie und nimmer fünfzig Euro gekostet«, sagte Jona und machte Anstalten, das noch immer zusammengefaltete Geld in meine Westentasche zu stecken, doch ich drehte mich flugs zur Seite, sodass er ins Leere griff.

»Es sind hundertfünfzig«, sagte ich.

Jonas Augen weiteten sich. »Was?«

»Drei Fünfziger«, drückte ich das Unfassbare noch einmal anders aus.

»Nee«, sagte Jona. »Echt jetzt?«

Ich nickte, während er auf das Geld zwischen seinen Fingern glotzte.

»Die spinnt doch, die Alte ... äh, Entschuldigung ... diese Frau von Helsing!«

Jetzt musste ich lächeln, weil Jona so erfrischend ehrlich war und dabei trotzdem so feinfühlig sein konnte. »Keine Sorge, sie liegt mir nicht besonders am Herzen.«

»Egal«, stammelte er. »Ich kann das nicht annehmen. Das ist viel zu viel.«

»Du musst«, sagte ich. »Denn ich kann es ihr unmöglich zurückgeben.«

Jona schluckte. »Na gut«, meinte er schließlich. »Dann behältst du es eben«, und als ich erneut protestieren wollte, setzte er noch »Wer weiß, vielleicht brauchst du es ja irgendwann noch mal« hinzu.

Damals hielt ich Jona für verrückt, jetzt, im Nachhinein, frage ich mich natürlich, ob er womöglich hellsehen konnte.

Einer inneren Eingebung folgend, deponierte ich das Geld in einer meiner unzähligen Dosen, die ich in meinem Zimmer in der Marillenstraße zurückgelassen hatte – und vergaß es. Ja, Tatsache, ob du's glaubst oder nicht, aber genau so war es.

Inzwischen war es Ende März und die Woche vor den Osterferien näherte sich ihrem Ende. Die letzte Badmintonstunde fiel aus, weil unsere Trainerin Thea Brümmer für drei Wochen nach Malaysia flog, und ich begann zu überlegen, ob ich in Zukunft überhaupt noch hingehen sollte. Einerseits hatte ich es ja längst beschlossen, andererseits machte einem das Leben erfahrungsgemäß gerne mal einen Strich durch die Rechnung. Denn was Mariel betraf, hatte ich noch immer nicht aufgegeben. Zweieinhalb Wochen Ferien konnten alles ändern – so hoffte ich wenigstens.

Mama fuhr nach wie vor dienstag- und freitagvormittags in ihren Blumenladen und traf sich anschließend fast immer mit Birgitta im *Café Luffo*. An diesen Tagen lauerte ich regelrecht darauf, dass sie mir irgendwas über Mariel erzählte, zum Beispiel, dass sie ihrer Mutter in einer schwachen Minute gestanden hatte, dass sie mich vermisst, aber nicht weiß, wie sie den Riss in unserer Freundschaft wieder kitten soll. Doch nichts dergleichen passierte. Es war, als wäre Mariel tot, und irgendwann traute ich mich auch gar nicht mehr, Mama überhaupt noch auf dieses Thema anzusprechen.

Am Samstagnachmittag vor den Ferien sah ich Celias Vater zum ersten Mal – allerdings nur aus der Ferne. Papa hatte ihn mit dem Bentley vom Flughafen abgeholt. Er parkte den Wagen vor dem Villeneingang, hievte das Gepäck aus dem Kofferraum und trug es mit Evelyns Hilfe ins Haus.

Herr von Helsing war groß und schlank und hatte mittelbraunes, leicht gewelltes Haar. Er ging ein wenig nach vorn gebeugt und seine Bewegungen erschienen mir ruhig und bedachtsam. Obwohl ich vom Garten des Gästehauses aus kaum etwas von seinem Gesicht erkennen konnte, war er mir auf Anhieb sympathisch. Keine Ahnung, was es war, aber irgendetwas an ihm kam mir vertraut vor.

»Der ist ganz okay«, sagte Nneka hinter mir. »Leider ist er kaum hier.«

»Mann!«, entfuhr es mir. »Hast du mich erschreckt!« Mein Herz stand für einen Moment still, dann machte es einen Überschlag, bevor es wieder in normalem Tempo weiterpumpte.

»Tut mir leid.« Nneka sah allerdings wenig zerknirscht aus. »Ich glaube, wenn er öfter daheim wäre, wäre Celia gar nicht mal sooo übel.«

»Meinst du?«

»Ja, meine ich«, erwiderte Nneka. »Bernhard von Helsing verbreitet richtig gute Stimmung. In seiner Gegenwart kann man gar nicht zickig sein. Nicht einmal Celia. Bestimmt kommt sie total entspannt aus dem Urlaub zurück.«

»Hm«, machte ich und blinzelte gegen die Sonne zur Villa hinüber. Papa hatte den Bentley inzwischen weggefahren. Celias Vater stand neben seiner Frau auf den Eingangsstufen und ließ seinen Blick über das Anwesen schweifen.

»Hast du das denn schon mal erlebt?«, fragte ich.

»Jaaa.« Nneka trat dicht neben mich und legte mir ganz selbstverständlich ihren Arm um den Hals. »Im letzten Herbst. Da waren die von Helsings für zehn Tage auf Hawaii. Als sie zurückkamen, war Celia der hellste Sonnenschein. Wir haben es geschafft, ganze drei Tage miteinander befreundet zu sein. Dann ging der übliche Zickenstress wieder los. Ich weiß nicht, wieso, aber ich denke, es liegt an ihr.«

»Was?«, fragte ich. »An wem?«

»Dass Celia so schrecklich ist, liegt an ihrer Mutter«, raunte Nneka mir ins Ohr. »Darauf würde ich wetten.«

»Und wieso?«

»Weil Margarethe von Helsing sie unter Kontrolle haben will«, sagte Nneka. »Celia fährt nicht einmal alleine zur Schule.«

»Klar«, sagte ich. »Du und Ayo sitzen schließlich mit im Wagen.«

Nneka hob den Zeigefinger. »Genau.«

»Aber ihr seid doch nicht ihre Aufpasser«, wandte ich ein.

»Da wäre ich mir nicht so sicher«, gab Nneka zurück.

»Wie meinst du denn das schon wieder?«, fragte ich.

»Hm, wie soll ich dir das erklären…?« Nneka ließ ihren Arm von meiner Schulter gleiten und knetete nachdenklich ihre Unterlippe. »Ayo und ich gehören nicht in ihre Welt. Wir leben zwar hier, aber wir sind die Kinder der Köchin, mehr nicht. Trotzdem gehen wir auf die gleiche private Schule wie Celia.«

»Weil ihre Mutter es so will.«

»Ja, aber nicht, um meinem Bruder und mir bessere Zukunftschancen zu geben«, sagte Nneka. »Jedenfalls nicht nur.«

Jetzt war ich aber wirklich gespannt. »Sondern?«

»Frau von Helsing weiß, dass wir auf dieser Schule keine Freunde finden«, erwiderte sie. »Ayo und ich sind dort Außenseiter. Und zwar gar nicht mal so sehr, weil wir eine dunkle Hautfarbe haben. Wir ticken einfach anders.«

Schon klar, aber: »Was hat das mit Celia zu tun?«

»Dadurch dass sie zusammen mit uns im selben schicken Auto zur Schule gebracht wird, ist sie in den Augen der anderen auch nicht besser als wir.«

Als ich begriff, wie Nneka das meinte und was tatsächlich hinter dieser Aussage stand, schüttelte ich energisch den Kopf. »Du spinnst doch! Frau von Helsing kann unmöglich wollen, dass Celia von diesen reichen Leuten dort ausgeschlossen wird.«

»Na ja, zumindest wird sie von denen nicht auf ihre Partys eingeladen«, gab Nneka triumphierend zurück.

Ich blähte die Backen, denn in diesem Moment hatte ich so etwas wie ein Déjà-vu. Mariels Worte von vor einigen Wochen nach Arlettas Geburtstagsfeier rauschten mir wie kleine Feuerteufel durch die Ohren.

Wenn man es zu etwas bringen will, muss man mit den richtigen Leuten verkehren.

»Eben!«, platzte ich heraus.

Nneka sah mich verständnislos an. »Wie bitte?«

»Ach, ich hab mich bloß an was erinnert«, brummte ich und bekräftigte noch einmal meine Ansicht. »Trotzdem. Frau von Helsing kann unmöglich wollen, dass Celia keinen Kontakt zu den Menschen hat, die später wichtig für sie sein könnten.«

»Du meinst, wichtiger als wir«, entgegnete Nneka und tippte mir auf die Brust. »Als du, ich und Ayo. Tja«, sagte sie dann und ließ ihre Hand wieder sinken, »irgendwie komisch ist das schon. Bisher dachte ich wirklich, dass sie Celia nur deshalb von allem fernhält, weil sie nicht möchte, dass sie auf Partys geht, Drogen nimmt und mit Jungs rumknutscht. Jetzt frage ich mich allerdings schon, warum die von Helsing so ungeheuer viel Wert darauf legt, dass Celia sich mit uns anfreundet. Das passt doch gar nicht zusammen.«

Jetzt triumphierte ich. »Sag ich doch die ganze Zeit!«

»Wahrscheinlich hält sie uns für harmloser, weil wir wenig Geld haben und uns Partys und Drogen und all das gar nicht leisten können«, überlegte Nneka weiter, »und wahrscheinlich hat sie sogar recht damit.«

»Quatsch«, sagte ich. »Irgendwann gehen auch wir auf Partys ...«

Nneka griente breit, sodass ihre Augen und ihre Zähne um die Wette funkelten. »Und küssen einen Jungen?«

Ich grinste zurück. »Möglicherweise sogar das.«

Nneka starrte mich mit halb offen stehendem Mund an.

»Hast du etwa schon mal?«

»Was? Einen Jungen geküsst? Nein!«

»Ach, komm schon! Gib's zu«, feixte sie.

»Hab ich nicht. Ehrlich.«

»Aber du würdest gerne.« Nneka tänzelte leichtfüßig und mit schaukelnden Hüften hin und her und schließlich um mich herum und trommelte dabei rhythmisch auf ihre Oberschenkel ein. »Und deshalb mache ich einen Liebestanz für dich.«

Ich dachte an Jona und schlagartig bekam ich eiskalte Hände und Füße und glühend heiße Wangen.

Zum Glück hatte Nneka inzwischen die Augen geschlossen und gab sich leise summend ihrem Tanz hin, während ich stocksteif dastand und geduldig wartete, bis sie ihn beendete. Und das geschah dann sehr plötzlich. Nneka blieb mit einem Ruck stehen und riss die Augen auf. »Verdammt!«, stieß sie hervor.

»Was ist denn jetzt schon wieder los?«

»Celia!«

Ich wirbelte herum und blickte zur Villa hinüber. »Wo?«

»Sie tickt auch anders«, sagte Nneka.

Ich drehte mich wieder zurück. »Wie meinst du das?«

»Na, anders als die ganzen abgehobenen Tussen in unserer Schule.«

»Aber Celia ist doch auch eingebildet«, entgegnete ich. »Und wie sie das ist!«

»Stimmt«, pflichtete Nneka mir bei. »Allerdings muss sie sich richtig dafür anstrengen. Bei ihr wirkt es total unecht und übertrieben. Die anderen Mädchen dagegen sind irgendwie so selbstverständlich und gleichförmig arrogant. Celia passt überhaupt nicht zu denen.«

»Zu uns aber auch nicht«, erwiderte ich.

Einen Moment lang wirkte Nneka nachdenklich.

»Du hast recht«, sagte sie dann. »Celia ist irgendwie völlig anders.«

Oder einfach nur bescheuert, hätte es mein Bruder Krister wahrscheinlich ausgedrückt. Ich fand es allmählich allerdings ziemlich nervig, mir so tiefgründige Gedanken über Celia zu machen, sondern war einfach nur froh, dass sie ab morgen für die Dauer der Osterferien bis zum Ende des Monats aus meinem Leben verschwand.

Tatsächlich gestaltete sich das Leben auf dem Grundstück in Abwesenheit der von Helsings sehr viel entspannter. Evelyn und Nnekas Mutter bekamen ebenfalls jeweils eine Woche Urlaub, nur Papa und der Gärtner arbeiteten weiter. Gemeinsam reisten sie die nähere Umgebung ab, um in Großgärtnereien und Baumschulen die schönsten Pflanzen für das Anwesen zusammenzusuchen. Bis zur Rückkehr der von Helsings sollte alles in frischem Frühlingsglanz erstrahlt sein. Und da das Grundstück riesig war, hatten Papa und der Gärtner die ganzen Ferien über damit zu tun.

Mitten in der ersten Woche machten meine Eltern, Josefine, Krister und ich uns am späten Nachmittag noch einmal gemeinsam auf den Weg in die Marillenstraße, um dort ein paar weitere persönliche Sachen und Kleinmöbel abzuholen. Die meisten Dinge wie Geschirr, Handtücher und ein paar nicht so leicht verderbliche Lebensmittel blieben zurück, was in mir die Hoffnung wachhielt, dass unser Auszug vielleicht ja doch nicht für immer war.

Meine Geschwister verschwanden sofort hinter der Kastanie, um nachzusehen, ob Lotugo, Blizzi und Flominga noch dort hausten. Lustigerweise hatten die beiden ihre Fantasie-Freunde bisher überhaupt nicht vermisst, jetzt allerdings wollten Krister und Josi sie dazu überreden, ebenfalls zur *Kaiserin* umzuziehen, damit sie auch weiterhin miteinander spielen konnten.

Während Mama und Papa die Treppe zur Wohnung

hinaufstiegen, sah ich mich nach Limette um. Meist wartete sie bereits im Torweg auf mich. Heute jedoch fehlte jede Spur von ihr.

»Limette!«, rief ich. »Limette!« Dazwischen stieß ich schnarrende Lockrufe aus, auf die sie eigentlich fast immer hörte und sich bereits aus der Ferne mit aufgeregtem Miauen ankündigte, bevor sie auf der Mauer oder dem Garagendach erschien und zu mir in den Hof hinuntersprang.

Aber diesmal meldete sie sich nicht. Dafür öffnete sich plötzlich im Vorderhaus das Fenster im zweiten Stock und Frau Deggers tauchte auf.

»Philippa?«, rief sie. »Oh, Philippa. Es tut mir so leid.«

Mein Herz fing an zu rasen und von einer Sekunde auf die andere wurde mir speiübel. »Limette«, krächzte ich. »Was ist denn mit ihr?«

»Am besten, du kommst mal eben zu mir hoch«, sagte Frau Deggers.

Sie sah schrecklich traurig aus und das konnte eigentlich nur eines bedeuten: Limette war tot. Vielleicht war sie gestern hinter mir hergelaufen, ohne dass ich es bemerkt hatte, auf die Straße gerannt und überfahren worden. O nein! O nein! In mir krampfte sich alles zusammen, dann fing ich an zu heulen.

»Okay«, presste ich hervor. »Bin schon unterwegs.«

Mein Blick fiel auf Krister und Josefine, die hinter der Kastanie auf dem Boden hockten und in friedlicher Eintracht ihre Köpfe zusammensteckten. Sie waren so sehr in ihr Spiel vertieft, dass sie offenbar gar nichts von der dramatischen Ankündigung mitbekommen hatten.

Auf wackelweichen Beinen stakste ich zum Hintereingang des Vorderhauses und zog mich drinnen mit schwindender Kraft an dem glatten Holzgeländer die vier Treppen bis in den zweiten Stock hoch. Frau Deggers stand schon in der offenen Wohnungstür.

»Ach, mein Mädchen«, sagte sie, umfasste meine Hand mit ihren beiden Händen und zog mich in den Flur. »Ich mache mir ja solche Vorwürfe.«

»Aber Sie können doch nichts dafür«, gab ich mit zitternder Stimme zurück. »Es ist meine Schuld, weil ich umgezogen bin und mich nicht darum gekümmert habe, dass Limette zu uns kommt.«

In der Tat hätte ich Frau von Helsing längst darum bitten können, aber ich hatte es nicht getan, und jetzt, da es zu spät war, wurde mir auch klar, warum. Ohne Limette hätte ich keinen Grund gehabt, auch weiterhin jeden Tag in unsere alte Wohnung zu kommen, jedenfalls keinen, den Mama und Papa akzeptiert hätten. Ohne Limette hätte ich nicht mehr Tag für Tag in meinem alten Zimmer sitzen, durch das Dachfenster in den Himmel hinaufsehen und in Erinnerungen schwelgen können. Außerdem war da noch Jona. Jona, der fast jedes Mal mit herfuhr und an den ich mich so gewöhnt hatte, dass er mir schon jetzt nach diesen paar schulfreien Tagen beinahe genauso sehr fehlte wie Mariel.

»Aber das ist doch Unsinn!«, sagte Frau Deggers. »Dass Limettes Pfote zwischen die Kellertür geraten ist, war ganz allein meine Schuld. Ich habe sie einfach zu hastig geschlossen und nicht gesehen, dass deine Katze mir gefolgt ist.«

»Aber …?« Fassungslos starrte ich sie an. »Limette ist gar nicht überfahren worden? Sie lebt noch?«

»Aber natürlich!« Frau Deggers zog mich einen Schritt weiter ins Licht, das durch die offene Wohnzimmertür in den Flur fiel. »Sag mal, Mädchen, du hast doch nicht etwa geweint!«

»Doch, hab ich«, sagte ich und wischte mir über die Augen. »Sie haben mir nämlich einen ganz schönen Schrecken eingejagt.«

»Ach herrje, das wollte ich nicht.« Frau Deggers war untröstlich. »Wie kann ich das nur wiedergutmachen?«

»Miau!«, ertönte es da aus dem Wohnzimmer, und im nächsten Moment kam Limette um die Ecke gehumpelt.

»Oh, meine Süße!«, stieß ich hervor und hob sie vorsichtig auf meinen Arm. »Es ist alles gut«, flüsterte ich in ihr Ohr und sagte es dann auch noch einmal etwas lauter zu Frau Deggers.

»Na ja«, meinte sie und wiegte skeptisch den Kopf hin und her. »Ich habe mir die Pfote natürlich genauer angesehen. Gestern hat sie geblutet und über Nacht ist sie dann etwas angeschwollen. Aber Limette setzt sie bei nahezu jedem Schritt auf. Daher glaube ich nicht, dass eine Sehne gerissen oder sogar etwas gebrochen ist. Vielleicht sollten deine Eltern trotzdem mit ihr zum Tierarzt fahren. Nur zur Sicherheit.«

Papa beschloss, noch eine Nacht abzuwarten, und diese Entscheidung war eine gute Entscheidung. Denn als ich am nächsten Tag zusammen mit meinen Geschwistern, die unbedingt noch einmal hinter der Kastanie spielen wollten, wieder in die Marillenstraße kam, turnte Limette bereits im Innenhof herum. Frau Deggers war ebenfalls dort und unterhielt sich mit Herrn Lumme, dessen Tür zur Schusterwerkstatt weit offen stand.

»Oh, hallo, Philippa!«, begrüßte sie mich und deutete auf Limette, die gerade einem welken Blatt hinterherjagte. »Wie du siehst, geht es deiner Katze schon viel besser.«

»Ja«, sagte ich glücklich, fing Limette ein und steuerte mit ihr im Arm die Treppe zu unserer Wohnung an.

»Wenn du nichts dagegen hast, komme ich gleich mal mit«, sagte Herr Lumme und folgte mir geschäftig. »Es ist ja nun schon ein paar Jahre her, dass ich die Wohnung angeschaut habe, und ich würde mir natürlich gerne erst noch mal ein genaues Bild machen, bevor ich endgültig zusage.«

Ich fuhr so schnell herum, dass Limette, die inzwischen ganz entspannt und laut schnurrend über meiner Schulter lag, sich schlagartig versteifte und mich ihre Krallen durch meinen Pulli hindurch spüren ließ. Mit einem Satz sprang sie von meiner Schulter herunter, raste auf die Kastanie zu und sauste an ihrem Stamm bis zur ersten Astgabel hinauf. Von dort aus blitzte sie mich aus ihren gelben Augen vorwurfsvoll an.

»Wie meinen Sie das?«, stieß ich an Herrn Lumme gewandt hervor.

Der Schreck, der mir in den Gliedern saß, und der Schmerz, den Limette mir verursacht hatte, ließen mich unfreundlicher klingen, als ich wollte.

Herr Lumme stutzte, kratzte sich an der Stirn und meinte schließlich: »Dann gehe ich wohl recht in der Annahme, dass deine Eltern dir noch gar nichts davon gesagt haben.«

»Nein! Wovon denn?«, erwiderte ich.

Eine böse Ahnung ließ mir die Tränen in die Augen steigen und das machte mich wütend. So viel geheult wie in den letzten drei Wochen hatte ich bisher in meinem ganzen Leben nicht!

»Davon, dass es sinnvoll sein könnte, wenn ich eure Wohnung übernehme, sobald ihr ganz ausgezogen seid«, sagte Herr Lumme vorsichtig. »Ich wäre direkt über meiner Werkstatt und ich würde mich auch um deine Katze kümmern.«

Ich schluckte und schluckte und kämpfte tapfer gegen die Tränen an. Meine Wut gegen mich selbst änderte die Richtung und nahm nun meine Mutter ins Visier. Wie hatte sie mich nur so hintergehen können! Das würde ich ihr nie, niemals verzeihen!

»Ich will gar nicht von hier weg«, presste ich mühsam hervor.

Herr Lumme nickte. »Ach, weißt du, Philippa, das verstehe ich sehr gut. Aber manche Dinge lassen sich eben nicht ändern.«

Ja, aber nur weil ich mit meiner Meinung und meinen Gefühlen so völlig allein dastand. Hätten Krister und Josefine sich anders entschieden, könnte jetzt in diesem Moment alles anders aussehen. Mit fest aufeinandergedrückten Lippen blickte ich zu ihnen hinüber, sah, dass sie zu spielen aufgehört hatten und mich ebenfalls anschauten.

»Nicht weinen, Philippa!«, rief Josi und knetete mit beiden Händen ihren Kuschelmuschelhasen. »Bitte, bitte, bitte!«

»Wieso?«, meinte Krister schulterzuckend. »Lass sie doch. Du heulst ja auch, wenn dir was wehtut.«

»Ja, und du wohl nicht«, krähte Josefine und begann, mit dem Kuschelmuschelhasen auf meinen Bruder einzuschlagen.

»Schluss jetzt mit dem Theater!«, sagte ich energisch. »Ich stelle Limette noch frisches Futter hin und dann fahren wir nach Kaiserswerth zurück. Ich muss sofort mit Mama reden.«

Natürlich tat es ihr irrsinnig leid. Und natürlich hatte sie auch eine Erklärung für ihr Verhalten, die ich sogar irgendwie nachvollziehen konnte, aber trotzdem nicht als Entschuldigung akzeptierte.

»Ich hatte so sehr gehofft, dass du dich hier einlebst, Nneka und du euch anfreundet und vielleicht sogar unzertrennlich werdet und du es in ein oder zwei Monaten selbst für eine gute Lösung halten würdest, wenn Herr Lumme in unsere alte Wohnung zieht und für Limette sorgt.«

»Nein, Mama, nein!«, brüllte ich, rannte in mein Zimmer und knallte die Tür hinter mir zu.

Es war Unverständnis. Es war Verrat. Und es tat weh. Weh. Weh. So unendlich weh.

Ich hatte dieses neue Leben versucht, aber es funktionierte nicht. Ich vermisste mein altes Zuhause noch viele tausende Male mehr, als ich gedacht hatte. Mir fehlte Limette. Mir fehlte Mariel. Mir fehlte einfach alles. Die Heimkinoanlage und die coole Einrichtung hier im Gästehaus waren kein Ersatz, auch die große, beinahe schon luxuriöse Wohnung, der schöne Garten und das riesige Anwesen nicht. Mit Nneka hatte ich mich angefreundet, aber das war nicht das Gleiche wie das, was mich früher mit Mariel verbunden hatte.

Das einzig Positive in meinem unfreiwillig neuen Leben war Jona. Jona war der Einzige, mit dem ich über alles reden konnte, der mir zuhörte und der mich wirklich verstand, der jetzt aber leider ebenfalls Ferien hatte und von dem ich weder die Handy- oder Festnetznummer noch die Adresse kannte.

Natürlich hatte ich gleich am nächsten Tag das Telefonbuch durchgeblättert, in der Hoffnung, dass es den Namen Schmiede wenigstens in meiner Stadt nicht allzu häufig gab. Doch Pustekuchen! Er füllte sage und schreibe drei Spalten. Sämtliche Nummern nacheinander abzutelefonieren, schien mir etwas für die Sekretärin eines Kriminalbüros zu sein. Ich hatte jedenfalls keine Lust, mir womöglich hundertfünfzigmal anhören zu müssen, dass man einen Jona nicht kenne. Außerdem hätten meine Eltern gar nicht zugelassen, dass ich stundenlang das Telefon blockierte.

Also versuchte ich, die Osterferien ohne Jona zu überstehen, und erzählte bei der nächsten sich bietenden Gelegenheit Nneka von Limette und der Sache mit Herrn Lumme.

»Frau von Helsing mag keine Tiere, die größer als Meerschweinchen oder Kaninchen sind. Du brauchst sie also gar nicht erst zu fragen«, war ihr erster Kommentar. »Celia wünscht sich schon lange einen Hund, sie kriegt aber keinen, weil Hunde Dreck und Arbeit machen. Na ja, und ansonsten würde es mir gefallen, wenn du hier wohnen bliebest«, fügte sie mit einem breiten Lächeln hinzu. »Deshalb finde ich die Idee deiner Mutter gar nicht so schlecht.«

»Sie hat mir eine Lösung versprochen«, hielt ich dagegen.

»Und gefunden«, sagte Nneka.

»Sie hat mich hintergangen!«, betonte ich, aber auch dafür hatte Nneka nur ein Schulterzucken übrig. »So sind sie nun mal, die Mütter«, erwiderte sie. »Sie wollen immer nur unser Bestes.«

Das mochte ja durchaus stimmen, allerdings arrangierten sie dieses Beste stets, ohne sich mit uns abzusprechen. Und genau das war es, was ich meiner Mutter übel nahm.

In den folgenden Tagen herrschte eine angespannte Stimmung zwischen uns. Ich ging Mama möglichst aus dem Weg, und sie sprach mich nur an, wenn es nötig war. Ein einziges Mal versuchte sie abends, als ich schon im Bett lag, mit mir zu reden, doch ich schickte sie unter dem Vorwand, dass ich todmüde sei, aus dem Zimmer.

Ich wäre lieber heute als morgen in die Marillenstraße zurückgezogen, und es gab für mich auch überhaupt keinen ersichtlichen Grund, weshalb das nicht möglich sein sollte.

Die Strecke zwischen unserer alten Wohnung und Kaiserswerth dauerte mit Bus und U-Bahn knapp vierzig Minuten, mit dem Auto konnte man sie sogar in einer halben Stunde schaffen. Als Papa noch Taxi fuhr, brauchte er zuweilen über eine Stunde für den Heimweg, je nachdem, wohin er seinen letzten Fahrgast kutschiert hatte. Und den Dienst, den er hier in der Villa und auf dem Anwesen angeblich auch nachts erledigen sollte, hatte Frau von Helsing – soweit ich das mitbekommen hatte – noch gar nicht in Anspruch genommen. Verdammt! Je länger ich darüber nachdachte, desto größer wurde meine Wut auf sie, und ich war mehr als ein Mal kurz davor, meinen Eltern zu sagen, dass sie uns nur deshalb zwang, hier zu wohnen, weil sie wollte, dass ich mich mit Celia anfreundete. Ich befürchtete allerdings, dass Mama und Papa mir das nicht glauben würden, solange ich ihnen keine eindeutigen Beweise für diese ungeheuerliche Behauptung lieferte. Dazu würde ich allerdings wohl nie in der Lage sein, da eine Freundschaft zwischen Celia und mir völlig ausgeschlossen war und ich die von Helsingsche Villa ganz sicher auch weiterhin meiden würde.

Derzeit lag meine Hoffnung eher bei Krister und Josefine, die inzwischen ebenfalls wieder davon sprachen, wie schön es in der Marillenstraße sei und dass Lotugo, Blizzi und Flominga am liebsten hinter der Kastanie wohnen bleiben würden.

»Ach, wartet es nur ab«, sagte Mama augenzwinkernd zu ihnen. »Irgendwann werden die drei euch so sehr vermissen, dass sie freiwillig herkommen. Und wenn sie erst einmal den schönen Garten gesehen haben, wollen sie bestimmt nie mehr von hier weg.«

Ich bedachte sie mit einem finsteren Blick, den sie seufzend registrierte.

Die gleiche Schiene, die in meinem Fall zur Entgleisung geführt hatte, fuhr sie nun auch bei meinen Geschwistern und in diesem Fall gab der Erfolg ihr leider recht.

Karfreitag erschienen Lotugo, Blizzi und Flominga pünktlich zum Eierfärben und am Samstag schlugen sie gemeinsam mit Josi und Krister den Angriff pflanzenfressender Gigamonster nieder. Vor allem aber überzeugten die unzähligen Eiernester und Schokohasen und ganz besonders natürlich die beiden echten Zwergkaninchen, die Ostersonntag im Garten gefunden wurden, meine Geschwister davon, im Paradies gelandet zu sein.

»Mami, Papi«, jubelte Josefine. »Der Kuschimuschi

und ich wollen nie wieder von hier weg. Und Krister, Lotugo, Blizzi und Flominga auch nicht.«

Na toll! Jetzt war ich also endgültig die Einzige auf weiter Flur, die unserer alten Wohnung hinterhertrauerte. Und weil ich die allgemeine Freude kaum aushielt, verzog ich mich so oft es nur ging in mein Zimmer, um zu lesen, eine DVD zu gucken oder an Jona und Mariel zu denken.

Ostermontag bereitete Nnekas Mutter für unsere beiden Familien einen afrikanischen Frühstücks-Brunch, und mein Herz schlug ein paar hoffnungsvolle Takte höher, als ich Birgittas roten Alfa vorfahren sah. Und umso enttäuschter war ich dann, als sich herausstellte, dass sie allein kam, weil ihr Mann Thomas mit ein paar Kumpeln zum Wandern gefahren und Mariel auf Sprachreise in Paris war. Sie machte also Ernst mit dem Gymnasium – und dem Ende unserer Freundschaft.

Aber es sollte ja alles noch viel, viel schlimmer kommen …

Zwei Wunder

Ostermontagabend holte Papa Margarethe von Helsing und Celia vom Flughafen ab. Es war bereits nach halb neun, als sie die Villa erreichten, sodass ich die beiden gar nicht mehr zu Gesicht bekam.

Celias Vater war von ihrem Urlaubsort auf den Seychellen gleich weiter in die USA gereist, wo er in der dortigen Niederlassung für die nächsten Wochen seinen Geschäften nachgehen würde.

Ein wenig bedauerte ich es, dass ich ihn nicht näher kennengelernt hatte, denn möglicherweise wäre er im Falle eines Falles ein Ansprechpartner oder gar ein Verbündeter für mich gewesen. Andererseits war er nur total selten auf dem Anwesen – wie hätte er mir da helfen können? Hier hatte seine Frau das Sagen, insofern war der Gedanke, dass er sich gegen sie stellen würde, ohnehin völlig absurd. Und so verbannte ich Bernhard von Helsing schließlich energisch aus meinen Überlegungen und richtete meinen Blick nach vorn, nämlich auf den ersten Schultag nach den Ferien.

Ich hatte mächtig Herzklopfen, als ich den Klassenraum betrat, und meine Stimmung sank sofort auf den Nullpunkt, als ich sah, dass Jona mit seiner Vermutung recht behalten sollte: Mariel hatte sich tatsächlich neben Bilal gesetzt. Wieder tat sie so, als ob ich gar nicht da wäre, und ganz kurz spielte ich mit dem Gedanken, ihr eine Szene zu machen. Doch dann besann ich mich, ließ mich wortlos auf meinem Platz nieder und holte die Erdkundesachen heraus.

Es dauerte nicht lange und Jona tauchte neben mir auf.

»Darf ich?«, fragte er und wies auf Mariels Stuhl.

»Klar«, sagte ich möglichst gleichgültig. Nachdem wir uns nun eine Weile nicht gesehen hatten, wollte ich ihm lieber nicht zeigen, wie sehr ich mich darüber freute.

Jona setzte sich und packte ebenfalls seinen Kram aus. Kurz darauf kam Herr Massknecht durch die Tür spaziert und der Unterricht begann.

Erst in der großen Pause fanden wir Gelegenheit, uns ausführlicher zu unterhalten. Jona erkundigte sich sogleich nach Limette, ich erzählte von ihrer Verletzung und dem sauberen Plan, den meine Mutter mit Herrn Lumme ausgeheckt hatte, und schon war der Bann gebrochen. Es fühlte sich so an, als wäre seit unserem letzten Treffen höchstens ein Tag vergangen.

»Im Prinzip ist es keine schlechte Lösung«, meinte Jona vorsichtig. »Obwohl ich dir eigentlich etwas anderes vorschlagen wollte.« Unschlüssig sah er mich an. »Ich habe nämlich mit meinen Eltern geredet.«

»Aha …?«, sagte ich ein wenig überrascht.

Jona verblüffte mich immer wieder. Er hatte sich also sogar während der Ferien Gedanken über meine Probleme gemacht.

»Ja, also …«, druckste er. »Wir würden Limette bei uns aufnehmen.«

»Was?«, stieß ich hervor, denn damit hatte ich nun überhaupt nicht gerechnet.

»Das wäre doch besser, als sie in ein Tierheim zu geben oder bei Fremden leben zu lassen«, sprudelte Jona nun hervor. »Mich kennt sie immerhin schon, und du könntest sie bei mir besuchen, so oft du willst.«

»Mhm«, sagte ich, »solange wir uns nicht verkrachen.«

Jonas Augenbrauen schoben sich über der Nasenwurzel zusammen. »Warum sollten wir?«, erwiderte er entrüstet. »Ich hab zwar keine Ahnung, wie du das siehst, aber ich bin jedenfalls ziemlich gern mit dir zusammen.«

Für ein paar Sekunden war mir ein bisschen schwindelig.

Zusammen, zusammen, zusammen, hallte es in meinen Ohren nach. Oje, herrje, wie meinte Jona das bloß? Ging er etwa davon aus, dass wir zusammen waren – also *richtig* zusammen? Aber warum hatte er dann nicht versucht, meine Telefonnummer herauszubekommen? Über die von Helsings wäre ich doch relativ leicht ausfindig zu machen gewesen. Außerdem war Bogenstedt ein viel seltenerer Name als Schmiede. Für ihn wäre es also viel leichter gewesen als für mich.

»Alles in Ordnung mit dir?«, hörte ich ihn fragen, dann spürte ich seine Hand auf meiner Schulter. »Philippa?«

»Äh … ja«, krächzte ich, sah ihn an und dann sofort wieder weg. »Ich weiß auch nicht«, redete ich mich heraus. »Geht schon.«

»Bist du sicher?« Fürsorglich legte Jona seinen Arm um mich und schob mich auf die Treppe vor dem Haupteingang zu. »Vielleicht solltest du dich doch lieber einen Moment hinsetzen.«

Tja, und da saßen wir dann. Nebeneinander auf den Stufen. Nebeneinander in der Klasse, nebeneinander in der U-Bahn – und schwiegen. Erst bei der Ankunft in der Marillenstraße fiel die Anspannung von uns ab.

Limette lag auf einem Sonnenfleck unter der Kastanie. Als sie uns bemerkte, rekelte sie sich und kugelte sich von einer Seite auf die andere, was sie immer tat, wenn sie sich besonders wohlfühlte.

»Hey, Süße!« Jona ging in die Hocke, streckte seine Finger vor und schnalzte leise mit der Zunge. Augenblicklich sprang Limette auf, eilte zu ihm hin und rieb schnurrend ihren Kopf an seiner Hand. »Siehst du, sie mag mich«, sagte er lachend.

»Klar … aber deshalb musst du sie mir ja nicht gleich wegnehmen.« Keine Ahnung, wieso ich das sagte, es war dumm, denn ich wusste ja, dass Jona es nie und nimmer so gemeint hatte. Und daher brauchte ich mich auch wirklich nicht darüber zu wundern, dass er jetzt sauer war. Sauer und verletzt.

»Hör zu, Philippa, wenn du das denkst, dann können wir es auch lassen«, presste er unwirsch hervor. Er zog seine Hand zurück und richtete sich auf. »Ich erkläre meinen Eltern, dass ihr eine andere Lösung gefunden habt, und ich komme einfach nicht mehr mit hierher.«

Ein fieser Stich bohrte sich in mein Herz, und mein Hals fühlte sich auf einmal so eng an, dass ich kaum noch schlucken, geschweige denn etwas erwidern konnte. Ohnehin hätte ich nicht gewusst, was.

Und so stand ich da, stierte auf meine Füße und zitterte und betete, dass Jona es nicht bemerkte. Ich sah seinen Schatten auf dem Boden und meinen daneben. Jona rührte sich nicht, und plötzlich hatte ich Angst, dass er sich einfach umdrehen und durch den dunklen Torweg verschwinden könnte, wenn ich weiterhin schwieg.

»Es tut mir leid«, sagte ich also mit wackeliger Stimme. »Ich weiß auch nicht, was mit mir los ist.«

»Ich schon«, flüsterte Jona.

Ein paar quälend lange Sekunden passierte gar nichts. Dann machte sein Schatten eine Bewegung auf meinen zu und im nächsten Moment hielten mich zwei Arme schüchtern umfangen. Jonas Haare kitzelten mich an der Wange und sein warmer Atem strich meinen Nacken entlang. »Ich hab dich gern, Philippa«, krächzte er. »Niemals würde ich dir etwas wegnehmen.«

Nein, im Gegenteil, er wollte mir helfen, und weil ich dumme Nuss einen Kurzschluss im Gehirn hatte und ihm so dämlich vor den Bug gefahren war, befand ich mich nun schon wieder in einer Situation, die mich überforderte. Nicht dass es mir nicht gefiel, von Jona im Arm gehalten zu werden. Es gefiel mir sogar sehr gut. Ich wusste nur nicht, was ich tun sollte, und weil ich ihm nicht das Gefühl geben wollte, dass er eine Laterne oder einen Baumstamm umarmte, legte ich sehr, sehr zaghaft meine Hände auf seine Hüften.

Mein Herz klopfte wie verrückt, und ich konnte auch Jonas Herz spüren, wie es in schnellem Rhythmus gegen meinen Brustkorb schlug. Mir wurde abwechselnd heiß und kalt, und plötzlich konnte ich nur noch daran denken, dass er mich jeden Augenblick küssen würde. Doch er tat es nicht. Jedenfalls nicht an diesem Tag, sondern erst ein paar Tage später. Und natürlich tat er es in einem Moment, in dem ich überhaupt nicht damit rechnete.

Wie üblich waren wir auf dem Weg von der Schule in die Marillenstraße. In der U-Bahn quasselte Jona wie ein Wasserfall. Er erzählte von seinem Freund Felix und dass der in den Sommerferien nun vielleicht doch für eine Woche nach Deutschland komme, um ihn zu besuchen. Jona war total aufgekratzt deswegen und ich freute mich mit ihm. Wir saßen nebeneinander auf einer Zweierbank, ich am Fenster, und unsere Knie berührten sich.

»Felix hat übrigens eine Freundin«, sagte er plötzlich.

»Oh«, gab ich zurück und verwandelte mich von einer Sekunde auf die andere in einen Stock.

»Ich hätte auch gern eine«, sagte Jona leise. »Und zwar eine ganz bestimmte.«

Ich schluckte, konnte kaum noch atmen und knetete meine Finger.

»Dich.«

»Oh!«, stieß ich erneut hervor, und Jona sagte: »Jetzt guck mich doch mal an.«

Ich zögerte.

»Bitte.«

Langsam wandte ich ihm mein Gesicht zu. Als unsere Blicke sich trafen, flüsterte er: »In den Ferien hab ich dich schrecklich vermisst. Ich hab mich sogar bei der Auskunft nach deiner Telefonnummer erkundigt, aber dann habe ich mich doch nicht getraut, dich anzurufen, weil ich Angst hatte, dass ich mich lächerlich mache.«

»Hättest du nicht«, presste ich hervor, und ehe ich mich's versah, küsste er mich. Warm und weich lagen seine Lippen auf meinen.

Es dauerte nicht mal zwei Sekunden. Trotzdem war es wie der Himmel auf Erden. Ein echtes Wunder! Danach hätte ich am liebsten laut gejubelt und allen Leuten in der U-Bahn zugerufen, dass ich einen Freund habe. Einen richtigen Freund. Mit Kuss und Herzklopfen und zittrigen Knien. Am allerallerliebsten aber hätte ich es Mariel erzählt. Und weil das nicht ging, blieb es mein süßes Geheimnis. – Zunächst …

Ende der ersten Maiwoche geschah nämlich das zweite Wunder. Das Wetter war schon seit Tagen gigantisch, super sonnig und so warm, dass man den ganzen Tag im T-Shirt herumlaufen konnte und Nneka mit ihren Flip-Flops gar nicht mehr auffiel.

Inzwischen hatten Jona und ich uns schon einige Male geküsst. Immer wenn ich ihn traf, tanzten sofort hunderttausend Schmetterlinge in meinem Bauch. Ich lief nicht mehr durch die Gegend – ich hüpfte! Und wenn ich saß, schwebte ich innerlich auf rosaroten Wolken. Krister und Josefine fanden, dass ich ständig »total belämmert« grinsen würde, und das entging natürlich auch Mariel nicht. Die wurde jedes Mal ganz grün vor Neid, wenn sie zu Jona und mir herüberschielte. Und das tat sie immer öfter.

Glaub mir, ich fühlte mich echt fies dabei, aber es tat mir irgendwie gut, sie so zu sehen. Mittlerweile war es mir auch schon fast egal, dass wir nicht mehr befreundet waren. Sollte sie doch mit Arletta, Tiffany und Neomi abhängen, wenn sie meinte, dass ihr das nützlich war! Glücklich machte es sie jedenfalls nicht. Und ein bisschen tat mir das sogar leid. Aber es war ja nicht mein Problem. Mariel hatte es sich schließlich selber so ausgesucht.

Ich verbrachte jetzt den größten Teil meiner Zeit mit Jona, vormittags in der Schule und nachmittags und am Wochenende in der Marillenstraße. Wir spielten im Innenhof mit Limette oder hockten stundenlang auf meinem Bett und quatschten und quatschten. Es gab nichts, das ich nicht mit Jona bereden konnte, es fühlte sich sogar noch viel intensiver und vertrauter an, als es mit Mariel je gewesen war. Jona war immer da, wenn ich ihn brauchte, ich konnte mich hundertprozentig auf ihn verlassen. Und ich mochte mir gar nicht vorstellen, dass es so, wie es im Moment war, in fünf oder sechs Wochen nicht mehr weiterging.

Wenn nämlich alles nach ihren Wünschen verlief, würden meine Eltern die Wohnung spätestens dann an Herrn Lumme abgeben. So zumindest lautete der Plan und es war auch bereits mit dem Vermieter abgesprochen. Klar, es konnte immer noch passieren, dass mein Vater die Probezeit nicht überstand, was ich allerdings für so gut wie ausgeschlossen hielt. Frau von Helsing schien ihn und seine Arbeit zu schätzen und Papa liebte diesen neuen Job. Er war viel zufriedener als früher, und er hatte auch viel mehr Zeit für uns, was Josi und Krister ganz offensichtlich genossen. Sie spielten zusammen Federball im Garten oder Fußball und Basketball auf dem Sportplatz und bei schlechtem Wetter bauten sie im Haus Playmobil oder Lego miteinander.

Mama hatte sich mit Nnekas Mutter angefreundet. Oftmals kochten sie zusammen und dann durchströmte ein köstlicher Duft aus exotischen Gewürzen das Gästehaus. Die Stimmung zwischen Mama und mir war allerdings nach wie vor komisch und das machte mir zu schaffen. Ich wusste zwar, dass sie mir nicht wehtun wollte, aber ich vertraute ihr nicht mehr. Jedenfalls nicht mehr so wie früher. Es war, als hätte jemand eine unsichtbare Mauer zwischen uns errichtet. Und wenn ich ehrlich war, ging es mir nicht nur mit Mama so, sondern auch mit Papa, Krister und Josefine. Sie alle waren glücklich mit unserer neuen Lebenssituation, nur ich nicht. Und deshalb fühlte es sich manchmal so an, als ob ich gar nicht mehr richtig zu ihnen gehörte. Hätte ich Jona nicht gehabt, wäre ich wahrscheinlich irgendwann durchgedreht.

Zum Glück ließ Frau von Helsing mich in Ruhe, und von Celia bekam ich überhaupt nichts zu sehen, bis zu diesem Samstagabend, an dem sich plötzlich alles änderte. Oder besser gesagt, an dem es anfing, sich zu ändern.

Ich war gerade von meinem Treffen mit Jona heimgekommen, und meine Mutter hielt mich in der Küche fest und versuchte, sich mit mir über die Schule zu unterhalten und nebenbei herauszukriegen, mit wem ich den ganzen Nachmittag in der Marillenstraße herumgehangen hatte, da klingelte es. Nneka konnte es nicht sein, denn die läutete entweder Sturm oder trommelte einen ihrer afrikanischen Rhythmen gegen das Türblatt, und Birgitta drückte immer zweimal kurz und einmal lang auf den Klingelknopf.

»Würdest du bitte mal nachsehen, Krister!«, rief Mama. »Ich unterhalte mich gerade mit Philippa.«

Die Antwort war Schweigen, und meine Mutter wollte schon selber gehen, da stürmte mein Bruder mit lautem Rennwagengetöse auf den Lippen an der Küchentür vorbei. Kurz darauf ertönte ein Aufschrei und Krister raste wie vom wilden Affen gebissen wieder in Richtung seines Zimmers zurück.

»Was ist denn jetzt schon wieder los?«, schimpfte Mama. Kopfschüttelnd trat sie in den Flur und rief: »Oh, Celia! Welch eine nette Überraschung!«

Mir stockte der Atem, und als ich dann auch noch

mit anhören musste, dass die von Helsingsche Oberzicke zu mir wollte, dachte ich tatsächlich kurz darüber nach, durchs Fenster zu fliehen. Doch dafür war es ohnehin zu spät, denn in diesem Moment kam meine Mutter mit einem geradezu glückseligen Strahlen in den Augen und Celia im Schlepptau in die Küche spaziert. »Schau mal, Philippa. Du hast Besuhuuch!«

Ja, vielen Dank auch, dass du wie zu einer Fünfjährigen mit mir sprichst, dachte ich und richtete meinen Blick auf Celia, die mitten im Türrahmen stehen geblieben war.

»Kann ich dich bitte sprechen?«, fragte sie beinahe schüchtern. Ich hatte sogar den Eindruck, dass sie einen Knicks andeutete, aber es war natürlich auch möglich, dass ich unter Schock stand und zu halluzinieren begann.

»Klar«, sagte ich betont lässig und sah sie gelangweilt an.

Sie guckte kurz zu meiner Mutter und meinte dann: »Unter vier Augen?«

Na, das versprach ja doch noch spannend zu werden! Meine Neugier war jedenfalls geweckt. »Okay«, sagte ich also, zwängte mich an ihr vorbei und steuerte mein Zimmer an.

Celia folgte mir hastig und drückte die Tür hinter uns zu. Sie redete nicht lange um den heißen Brei herum, sondern kam sofort zur Sache.

»Stimmt es, dass du einen Freund hast?«

Ich war so baff, dass es mir die Sprache verschlug und ich sie erst einmal nur anstarrte.

»Jetzt sag schon«, bat sie flehend, und ich kam aus dem Staunen gar nicht mehr heraus.

Da stand dieses reiche, eingebildete Mädchen, das bisher kein freundliches Wort für mich übrig gehabt hatte, wie ein Häufchen Elend vor mir und bettelte geradezu um eine Auskunft. – Die ich ihr allerdings nicht geben wollte. Zumindest nicht einfach so. Zuerst brauchte ich ein paar Informationen.

»Wer behauptet denn das?«

Celia zuckte mit den Schultern. »Meine Mutter.«

»Dann hat sie das wohl erfunden«, gab ich ungerührt zurück.

Celia schüttelte den Kopf. Sie lief ein paar Schritte in seltsam staksigem Gang hin und her und ließ sich schließlich auf mein Sofa sinken. Wieder schien sie nicht zu wissen, wohin mit ihren Armen. Zuerst versuchte sie, sie sinnvoll auf ihrem Schoß unterzubringen, und als das nicht klappte, legte sie sie wie zwei Fremdkörper neben sich ab.

»Ich weiß, dass du mich nicht leiden kannst«, begann sie stockend. »Niemand kann mich leiden. Aber das ist mir egal. Ich mag auch keinen von denen.«

Augenblicklich kam mir eines der Gespräche, die ich mit Nneka über Celia geführt hatte, wieder in den Sinn. »Wen meinst du damit?«

»Ach, die in meiner Schule«, erwiderte Celia, ohne mich anzusehen. »Die sind mir alle zu oberflächlich … viel zu sehr auf ihre Noten, ihre tollen Eltern und ihr Äußeres bedacht.«

»Aber das bist du doch auch!«, meinte ich.

Celia kniff die Mundwinkel ein und sagte eine Weile gar nichts.

»Ich habe überhaupt keine Lust darauf«, stieß sie dann plötzlich so ungehalten hervor, dass ich unwillkürlich zusammenzuckte. »Und ich habe auch keine Lust auf die Klavierstunden und das ganze Gezicke und Getue.«

»Das verstehe ich nicht«, erwiderte ich ehrlich. »Wieso machst du es dann? Ich meine, du bist doch selber total zickig.«

Hätten mein Vater oder meine Mutter mich jetzt reden gehört, hätten sie wahrscheinlich an meinem Verstand gezweifelt. Das sagt man jemandem doch nicht ins Gesicht, hätten sie mich garantiert zurechtgewiesen. Jedenfalls nicht so direkt und schon gar nicht der Tochter seines Arbeitgebers. Tja, zugegeben, in gewisser Weise erkannte ich mich selbst gerade nicht wieder. Mit Mariel hätte ich nie im Leben so gesprochen, aber Celia war eben auch ein ganz besonderer Fall. Ihr gegenüber konnte ich einfach keine Freundlichkeit heucheln.

»Stimmt«, sagte sie leise und sah mir dabei fest in die Augen. Ihre Haut schien mir noch blasser zu sein als zu dem Zeitpunkt, als ich sie das erste Mal gesehen hatte, fast schon durchscheinend. »Aber du hast es auch leichter als ich«, setzte sie stockend hinzu. »Du musst niemand sein, der du nicht bist.« Sie senkte den Blick und guckte angestrengt auf ihre bleichen Knie, die unter ihrem hellblauen Rock hervorlugten. »Sogar meine eigene Mutter mag dich lieber als mich.«

So ein Quatsch!, wollte ich sagen, doch die Worte blieben mir im Hals stecken. *Philippa, du gefällst mir … du gefällst mir … du gefällst mir …* rauschte es durch meinen Kopf, und mit einem Mal war mir ganz übel und meine Beine fühlten sich puddingweich an. Es half nichts, ich musste mich setzen, und so schob ich mich vorsichtig einen halben Meter von Celia entfernt auf die Sofakante.

»Wie … äh, wie kommst du denn da drauf?«, fragte ich ebenso leise zurück.

»Ich weiß es nun mal«, erwiderte sie trotzig. »So oft wie du bei uns Gesprächsthema bist … die Art, wie Mama über dich redet … was sie über dich sagt … und vor allem, *wie* sie es sagt!«

»Sie möchte eben, dass wir Freundinnen werden. Du, Nneka und ich.«

Celias Blick flog zu mir. »Na ja, über Nneka spricht sie allerdings nicht gerade besonders viel.«

»Die wohnt ja auch schon länger hier«, gab ich zu bedenken. Insofern hielt ich es nur für logisch, dass sie bei den von Helsings nicht mehr das Gesprächsthema Nummer eins war.

Celia schüttelte den Kopf. »Das ist es nicht. Mit Nneka hat es meine Mutter nie so gehabt wie mit dir. Auch ganz am Anfang nicht, als sie gerade hergezogen war. Ich habe ziemlich lange drüber nachgegrübelt und bin einfach nicht dahintergekommen. Mittlerweile weiß ich aber, womit es zusammenhängt.«

»Aha …?«

»Zumindest glaube ich es«, erklärte Celia weiter. In

ihren Augen flackerte es und ihre Wangen röteten sich leicht. »Ich habe nämlich etwas entdeckt.«

Ich spürte geradezu, wie sich mir vor Aufregung der Magen zusammenzog. »Und was?«

»Wir haben am gleichen Tag Geburtstag.« Es kam wie das Geschoss einer Pistole aus ihrem Mund und traf mich mitten in die Brust.

»Das... kann nicht sein«, stammelte ich. »Woher willst du das überhaupt wis...?«

»Wir sind sogar in derselben Klinik zur Welt gekommen«, unterbrach Celia mich. »Ich habe die Laborergebnisse deiner Blutuntersuchung gesehen.«

»Und da stand drauf, in welcher Klinik ich geboren wurde?«

»Nein, da nicht«, entgegnete sie. »Es war noch ein zweiter Zettel mit all deinen Daten und denen deiner Geschwister darangeheftet.«

»Von Josi und Krister auch?«, vergewisserte ich mich.

Celia nickte. »Handschriftlich notiert... von meiner Mutter. Ich nehme an, sie hat sich bei deiner Mutter danach erkundigt.«

»Ja, aber wieso?«, fragte ich und sprang vom Sofa auf. In meinem Kopf wirbelte nun alles durcheinander und ich konnte einfach nicht mehr stillsitzen. Hektisch lief ich vor der Regalwand auf und ab.

»Das weiß ich noch nicht«, antwortete Celia. »Aber ich werde es herausfinden.«

Ich blieb stehen und sah sie an. »Glaubst du, dass wir...?«

»Geschwister sind?« Jetzt lachte sie. »Nein. Wir sind uns doch überhaupt nicht ähnlich.« Während sie meinen Blick erwiderte, verfinsterte sich ihre Miene. »Es muss etwas anderes dahinterstecken.«

»Und was?«, fragte ich noch einmal.

»Keine Ahnung.«

»Du hast also auch keine Vermutung?«

Celia presste die Lippen aufeinander. »Nein«, sagte sie und stand nun ebenfalls vom Sofa auf. »Alles was ich weiß, ist, dass meine Mutter mich früher lieber hatte als jetzt. Seit einem halben Jahr mäkelt sie ständig an mir herum. Und im Sommer will sie mich sogar wegschicken.«

»Was?«, rief ich erschrocken. »Aber wohin denn?«

»Auf ein Mädcheninternat nach Süddeutschland. Es liegt über vierhundert Kilometer von hier entfernt.« Celias Stimme zitterte. Sie fuhr sich verstohlen über die Augen und wandte sich dem Fenster zu. »Und dann sehe ich Ayo nur noch in den Ferien oder höchstens am Wochenende.«

Ich merkte, wie mein Mund aufklappte und nicht wieder zugehen wollte, sodass ich erst mal keinen Ton herausbekam. Himmel, das waren aber auch Neuigkeiten, mit denen Celia mich hier überhäufte! So viel auf einmal konnte mein Gehirn gar nicht verarbeiten.

»Ayo?«, brachte ich nach einer Weile endlich heraus. »Du bist in Ayo verliebt?«

Natürlich! Plötzlich fiel es mir wie Schuppen von den Augen. Das war der Grund, weshalb sie ihm bei dem afrikanischen Essen an unserem ersten Abend in der Villa die ganze Zeit hinterhergestarrt hatte!

Celia holte tief Luft, dann drehte sie sich zu mir um. Ihre Augen waren etwas gerötet, ansonsten schien sie sich jedoch wieder im Griff zu haben.

»Das hättest du wohl nicht gedacht, hm?«, sagte sie und sah mich von oben herab an. Doch worüber ich mich noch vor einer Stunde maßlos hätte aufregen können, kümmerte mich mit einem Mal nicht mehr. Celias Affektiertheit war nichts weiter als eine Mischung aus anerzogenem Hochmut und hilfloser Maskerade, hinter der sich ein armes Würstchen verbarg. Im Grunde konnte sie einem nur leidtun.

»Nein«, sagte ich und ließ mich kopfschüttelnd aufs Sofa zurückfallen. »Ausgerechnet in Ayo!«

»Er ist wahnsinnig klug und lustig und er kann sogar Klavier spielen«, erwiderte Celia. Es hatte fast den Anschein, als wollte sie ihn verteidigen. Dabei war das gar nicht nötig. Ich hatte Nnekas Bruder von Anfang an nett gefunden. »Leider ist meiner Mutter nicht entgangen, dass ich ihn mag.«

»Hätte sie denn was dagegen, wenn ihr zusammen wärt?«, fragte ich ein wenig scheinheilig, denn natürlich erinnerte ich mich noch sehr gut an all das, was Nneka mir über Frau von Helsings Ansichten bezüglich Partys und Jungs erzählt hatte.

»Allerdings hätte sie das!«, rief Celia aus. »Du kannst dir gar nicht vorstellen, wie streng sie ist. Alles was sie dir ohne mit der Wimper zu zucken durchgehen lässt, verbietet sie mir rigoros.«

»Na ja«, entgegnete ich. »Ich bin ja auch nicht ihre Tochter. Von daher könnte sie mir schlecht etwas verbieten.« Ohnehin würden sich meine Eltern diesbezüglich wohl kaum reinreden lassen! »Was ist denn mit deinem Vater?«, erkundigte ich mich. »Sieht der das genauso?«

»Nein.« Ein zärtliches Lächeln huschte über Celias schmales Gesicht. »Paps ist total großzügig. Es ist wirklich zu blöd, dass er so selten zu Hause ist. Ich glaube, dann würde hier einiges ganz anders laufen und dann wäre auch Mama zufriedener. Sie hat zwar ihre Möbelfabrik, teilt sich die Geschäftsleitung aber mit jemand anderem, damit sie möglichst oft hier bei mir sein kann. Und das geht mir mittlerweile ganz schön auf den Geist. Selbst wenn ich es vielleicht irgendwann mal versuchen würde, ich könnte mich gar nicht mit Ayo treffen.«

Oje! »Er weiß also noch gar nichts von seinem Glück?«

Celia seufzte. »Nein.« Sie kam langsam näher und sah mich bittend an.

»Aber du könntest mir vielleicht helfen …«

»Ich weiß nicht«, sagte ich. Frau von Helsing zu hintergehen, behagte mir überhaupt nicht. Wegen Papa. Aber dann dachte ich an Limette, und schon kam mir die Idee, dass man eventuell einen Deal machen könnte.

Eine Verschwörung

Celia war nicht wirklich begeistert von dem kleinen Geschäft, das ich ihr vorgeschlagen hatte.

»Das erlaubt sie mir nie«, beschwor sie mich ein ums andere Mal. »Es wäre viel besser, wenn du sie selber fragst. Ihr Herz schmilzt ja schon dahin, wenn sie dich nur sieht.«

Das wollte ich nicht gelten lassen und ich wollte auch nichts mehr davon hören. Margarethe von Helsing mochte einen Narren an mir gefressen haben, aber das war ihr Problem und nicht meines. Celias Mutter war mir einfach unheimlich. Manchmal hatte ich das Gefühl, von all dem vielen Geld, dem ganzen Prunk und dem gigantischen Anwesen so sehr geblendet zu sein, dass ich das Wesentliche übersah. Das Wesentliche, das möglicherweise auch mich betraf. Auf jeden Fall schien es ihr außerordentlich zu gefallen, dass Celia und ich uns nun fast jeden Tag trafen, und sei es auch nur für eine halbe Stunde.

Natürlich hatten wir wieder und wieder darüber gerätselt, was es mit unseren identischen Geburtstagen auf sich haben könnte, waren aber jedesmal zu dem gleichen Ergebnis gekommen: Es musste sich um reinen Zufall handeln, der so gewöhnlich war, dass man es eigentlich schon nicht mehr Zufall nennen konnte. Jeden Tag wurden in sämtlichen Kliniken auf dieser Erde mehrere Mädchen geboren und genauso war es logischerweise auch bei uns gewesen. Wahrscheinlich existierte in dieser Stadt noch ein drittes, viertes oder fünftes Mädchen, das am selben Tag wie Celia und ich in der Uniklink das Licht der Welt erblickt hatte, und wie ich ihre Mutter einschätzte, hatte sie die allesamt bereits ausfindig gemacht. Wer weiß, vielleicht wartete Frau von Helsing ja sogar zur großen Gartenparty nächsten Monat mit einer Riesenüberraschung auf und ließ zwanzig 11-jährige Mädchen im gleichen schrägen Outfit auflaufen und neben Madonnas Tochter eine Wahnsinns-Bühnenshow bestreiten.

Celia lachte immer laut und glucksend, wenn ich ihr mit solchen Einfällen kam. »Du bist meine Rettung, Philippa, weißt du das?«, sagte sie dann. »Ich könnte mir echt in den Hintern beißen, dass ich nicht schon viel eher zu dir rübergekommen bin.«

Ich wusste, sie meinte das ehrlich. Und sie sagte es auch nicht nur deswegen, weil sie auf diese Weise Ayo öfter zu Gesicht bekam. Nein, Celia mochte mich. Und stell dir vor: Ich mochte sie auch.

Wenn wir zusammen in meinem Zimmer hockten, konnte sie sein, wie sie war. Sie musste nicht darüber nachdenken, ob sie etwas Falsches tat oder sagte, und so fiel nach und nach sämtliche Arroganz und Zickigkeit von ihr ab wie eine falsche Haut. Darunter kam ein lustiges und herzerfrischend kumpelhaftes Mädchen zum Vorschein, dessen Pagenfrisur nun nicht mehr dramatisch hin und her schwang, sondern fröhlich auf und ab hüpfte.

Selbst Nneka, die Celias entspannte Seite ja schon einmal erlebt hatte, staunte nicht schlecht über diese Verwandlung. Nur Ayo imponierte das alles leider überhaupt nicht. Dabei taten Nneka und ich alles, aber auch wirklich alles, um ihn für Celia zu begeistern. Wir luden ihn zu einem Drei-Action-Filme-hintereinander-gucken-Nachmittag ein und ließen uns von ihm Basketball beibringen, ja wir liefen sogar einen ganzen Tag in Borussia-Dortmund-Trikots rum, doch nichts von all dem änderte auch nur das Geringste an Ayos Verhalten Celia gegenüber.

»Es hilft nichts, wir brauchen einen Jungen im Team«, sagte Nneka, als wir Anfang der letzten Maiwoche an einem schrecklich verregneten Nachmittag wieder einmal in meinem Zimmer auf dem roten Sofa hockten.

»Wenn du dabei an Krister denkst …«, gab ich abwinkend zurück. »Das kannst du getrost vergessen. Den nimmt Ayo doch sowieso nicht für voll.«

»Ich denke nicht an deinen kleinen süßen Schnuckelbruder«, erwiderte Nneka.

»Sondern?«

»An deinen kleinen süßen Schnuckelprinzen«, rief sie, schlenkerte die Arme hin und her und ließ ihre Perlenarmbänder triumphierend gegeneinanderklackern.

»Jona?« Ich schüttelte den Kopf. Den wollte ich auf keinen Fall auch noch mit in unsere Verschwörungsaktion hineinziehen. Dass meine beiden neuen Freundinnen inzwischen überhaupt von ihm wussten, musste genügen.

»Nneka hat recht«, beschwor Celia mich. »Jona ist unsere *letzte* Rettung.«

»Du meinst, deine«, brummte ich.

»Stimmt.« Celia seufzte. »Okay, abgehakt«, meinte sie dann und richtete ihre Augen auf Nneka. »Ein neuer Plan muss her, bitte schön.«

»So was kann man doch nicht auf Knopfdruck produzieren«, entgegnete die. »So etwas braucht seine Zeit.« Und schon glitt Nneka auf den Boden und versank in eine Art Trance, indem sie im Schneidersitz mit geschlossenen Augen und weit geöffneten Armen dasaß und Botschaften aus der Geisterwelt zu empfangen versuchte, so wie ihre Großmutter in Afrika das angeblich auch immer getan hatte.

Es dauerte über eine Viertelstunde, bis sie wieder ins Hier und Jetzt zurückkam und unter herzhaftem Gähnen verkündete: »Die Geister sind genau derselben Ansicht. Jona ist der Einzige, der uns jetzt noch helfen kann.«

»Du meinst, Celia«, brummte ich.

»Ja, zum Teufel!« Nneka sprang vom Boden auf. »Denk an Limette! Denk an euren Deal!«

Mir war klar, dass ich mich nicht weiter drücken konnte. Ebenso wenig wollte ich Jona ahnungslos lassen und deshalb weihte ich ihn gleich am nächsten Tag in der Marillenstraße in unseren Plan ein. Er hörte mir aufmerksam zu, überlegte ein paar Sekunden und nickte. »Gut. Ich mach's.«

Ich musterte ihn ungläubig und suchte den Fehler im Strickmuster, und als ich den nicht fand, stieß ich einen Freudenquietsch aus und umarmte ihn inbrünstig.

»Unter einer Bedingung«, sagte Jona.

Also doch! »Was?«

»Das heißt nicht was, sondern welche«, korrigierte er mich grinsend.

»Blödmann«, knurrte ich und stupste ihn sachte mit meiner Faust unters Kinn. »Also welche?«

»Limette bleibt hier, bis ihr diese Wohnung aufgebt.«

Jonas Stimme klang traurig und machte mir schmerzlich bewusst, was ich so erfolgreich verdrängt hatte, nämlich dass unsere schöne Zeit hier in der Marillenstraße sich allmählich dem Ende zuneigte.

»Klar«, krächzte ich. »Wir wollen Celias Mutter deswegen sowieso erst auf der Gartenparty ansprechen.«

Deswegen beinhaltete in diesem Fall übrigens nicht nur die Sache mit Limette, sondern auch noch drei weitere Punkte:

1. wollten wir bewirken, dass Frau von Helsing Celias Anmeldung auf dem Internat in Süddeutschland zurücknahm,

2. sie stattdessen darum bitten, dass Celia und Nneka in meine Klasse auf der Gesamtschule kamen – wobei hier natürlich auch Nnekas Mutter noch ein Wörtchen mitzureden hatte –, und
3. Frau von Helsing schonend beibringen, dass Celia nun mit Ayo zusammen war.

Neben der Sache mit Limette schien uns Punkt 1 mittlerweile gar nicht mehr so unrealistisch zu sein. Wie schon gesagt, war Celias Mutter nämlich außerordentlich entzückt darüber, dass ihre Tochter, Nneka und ich inzwischen so oft zusammenhingen. Es war ihr nicht einmal suspekt, dass wir uns dazu meistens im Gästehaus trafen. Na ja, sie konnte sich wohl einfach nicht vorstellen, dass dies in der Hauptsache mit Ayo zu tun hatte. Vielleicht dachte sie aber auch, dass meine Mutter – ähnlich wie sie selbst – wie ein Schießhund über uns wachen würde. Doch das war überhaupt nicht Mamas Art. Im Gegenteil, sie ließ uns gewähren und freute sich – natürlich! – ebenfalls darüber, dass wir uns auf einmal so gut verstanden.

Punkt 2 unserer Wunschliste war der haarigste und Punkt 3 ganz zweifellos der kniffligste, denn im Moment war Celia ja noch meilenweit davon entfernt, überhaupt jemals mit Ayo zusammenzukommen. Allerdings waren wir fest entschlossen, diesen Zustand zu ändern, und zwar bei einem gemeinsamen Ausflug zur Burgruine mit anschließendem Picknick im Wald.

Als Termin für dieses Ereignis hatten wir uns den

ersten Samstag im Juni ausgeguckt, vorausgesetzt, das Wetter spielte mit. Und das tat es zum Glück. Der Osterhase hatte mir großzügigerweise ein neues Handy geschenkt, und so konnte ich mich problemlos mit Jona abstimmen, ohne dass meine Mutter oder meine Geschwister etwas davon spitzkriegten. Daraus, dass wir zu fünft losziehen wollten, machten wir zwar kein Geheimnis, aber die Details, über die Jona und ich mich unterhielten, waren nun wirklich nicht für die Allgemeinheit gedacht.

Allerdings konnten wir nicht verhindern, dass Frau von Helsing zumindest einen Teil der Organisation übernahm. Sie trug Nnekas Mutter auf, sich um das Essen fürs Picknick zu kümmern, und wies Papa an, sicherzustellen, dass jeder von uns mit einem technisch voll funktionsfähigen Fahrrad ausgestattet war.

Um kurz vor elf am Vormittag ging es dann endlich los. Keine Ahnung, wer von uns aufgeregter war: Celia, Nneka oder ich. Jona schien jedenfalls die Ruhe selbst zu sein und Ayo war ja ohnehin total ahnungslos. In seinem Rucksack transportierte er die Picknickdecke und das Geschirr, und in seinen Satteltaschen befand sich das Essen, von dem wir uns wahrscheinlich eine ganze Woche hätten ernähren können.

»Na, hoffentlich machst du nicht vorzeitig schlapp, so schwer wie du beladen bist«, frotzelte Nneka, die zwischen Celia und ihrem Bruder fuhr.

Ayo brummte etwas Unverständliches. Er trat ein wenig kräftiger in die Pedale, zog an Nneka und Celia vorbei und setzte sich an die Spitze.

Jona und ich folgten den dreien in geringem Abstand. Zum ersten Mal waren wir nicht in der Schule oder allein in der Marillenstraße, sondern in einer Gruppe unterwegs. Das fühlte sich ungewohnt an, gefiel mir aber sehr gut. Klar fand ich unsere geheimen Treffen in der Marillenstraße superschön, auf Dauer waren sie allerdings auch ein bisschen einsam. Gerade jetzt spürte ich, wie sehr ich die Normalität von früher vermisste. Und klar, es war toll, dass Celia, Nneka und ich inzwischen so entspannt zusammen sein konnten, das bedeutete jedoch noch lange nicht, dass ich mich in unserer neuen Wohnung wirklich zu Hause fühlte. Nach wie vor empfand ich das Ganze als einen Tick zu überkandidelt und deshalb kam ich mir dort auch noch immer wie eine Fremde vor. Manchmal hatte ich sogar den Eindruck, dass es Mama genauso ging wie mir, aber das waren wirklich nur ganz seltene Momente.

In zwei Wochen lief Papas Probezeit ab, und ich rechnete fest damit, dass er uns ein oder zwei Tage vorher zusammentrommelte, um sich darüber zu unterhalten, wie es nun weitergehen sollte.

Im Grunde war die Sache allerdings längst entschieden. Ganz sicher würde mein Vater nicht kündigen. Wir würden einen Teil unserer alten Möbel gegen die aus dem Gästehaus eintauschen und Herr Lumme würde in unsere alte Wohnung ziehen.

Mir blieb gar nichts anderes übrig, als mich damit abzufinden, und eigentlich hatte ich das auch längst getan. Einzig und allein für den Fall, dass Frau von

Helsing es verbot, Limette auf dem Anwesen zu halten, plante ich einen neuen Aufstand. Aber darüber mochte ich jetzt noch nicht nachdenken.

Im Augenblick genoss ich es einfach, neben Jona herzufahren, Nneka, Celia und Ayo vor uns und über uns das klare Blau des Himmels, das nur hier und da von ein paar kleinen weißen Schönwetterwolken durchbrochen wurde.

Bis zur Ruine brauchten wir eine knappe halbe Stunde, und es stellte sich heraus, dass noch eine ganze Menge anderer Leute dieselbe Idee gehabt hatten wie wir und den herrlichen Sonnenschein für einen Spaziergang oder eine Fahrradtour nutzten.

Den Jungs zuliebe, die sich beide für alte Burgen begeisterten, stapften wir dennoch durch die schmalen Gänge, bestaunten den halb zusammengefallenen Rittersaal und blickten durch so manche Schießscharte über die Stadt und die Umgebung hinweg.

Anfangs klebte Celia an Ayo wie eine Klette, aber der wich ihr und ihren Blicken aus, als würde er Gefahr laufen, sich mit dem Pestvirus zu infizieren. Es lief nicht gut, oh nein, es lief sogar überhaupt nicht gut. Man konnte mit ansehen, wie Celias Laune von Minute zu Minute in Richtung Tiefpunkt sank, und plötzlich begann sie nicht nur Abstand von Ayo zu halten, sondern fing auch noch an zu zicken.

»Ich hab keine Lust mehr, hier rumzustiefeln«, meckerte sie. »Erstens war ich schon hundertmal an diesem Ort, und zweitens ist dies ja sowieso keine richtige Burg mehr, sondern bloß noch ein Gerippe.«

Nneka warf mir einen Alarmblick zu und reagierte sofort. Sie hakte sich bei Celia unter, zog sie von uns weg und steuerte einen der beiden noch recht gut erhaltenen Türme an.

Ayo schaute den beiden kopfschüttelnd hinterher.

»Was ist denn mit denen los?«, fragte er. »Hab ich was falsch gemacht?«

»Quatsch«, erwiderte ich. »Du kannst doch nichts dafür, dass es Celia hier nicht gefällt.«

Ayo nickte unmerklich. »Es ist ziemlich schwer, ihr etwas recht zu machen.«

»Das stimmt nicht«, verteidigte ich Celia sofort. Ich holte tief Luft und wagte einen Vorstoß. »Eigentlich muss man bloß nett zu ihr sein. Mit ihr reden … sie beachten … und so …«

»Hmmm«, machte Ayo und presste die Lippen aufeinander. Er senkte den Blick und schabte mit den Schuhsohlen über den sandigen Boden.

Jona drückte mir unmerklich seinen Ellenbogen in die Seite. Sein Atem bauschte meine Haare. »Er mag sie«, raunte er mir ins Ohr.

Ich runzelte die Stirn.

»Glaub mir. Er ist einfach bloß total unsicher.«

Okay, dachte ich. Vielleicht hat Jona recht. Er war selber ein Junge, bestimmt hatte er ein Gespür für so was.

»Ich schlage vor, ich seh mal nach den beiden«, sagte ich laut und kniff Jona unauffällig in den Arm, in der Hoffnung, dass er kapierte, was ich ihm damit signalisieren wollte. *Frag ihn und gib mir ein Zeichen!*

Dann stapfte ich los und erklomm die Treppe, die an der Innenwand des Turms hinaufführte.

Celia und Nneka standen auf der Plattform und diskutierten. Nneka sah etwas verärgert aus, während Celia eher frustriert wirkte.

Ich lief auf die beiden zu und schlang meine Arme um sie. »Kein Streit!«, sagte ich energisch. »Und erst recht kein Gezicke.« Ich sah Celia fest in die Augen. »Jona meint, dass Ayo dich mag.«

»Ja, verdammt!«, stöhnte Nneka. »Das sage ich ihr auch schon die ganze Zeit. Ich kenne doch meinen Bruder. Für ihn ist Celia eine Prinzessin und er selbst fühlt sich wie ihr Angestellter. Aus dieser Rolle kommt er einfach nicht raus.« Sie setzte Celia ihren Zeigefinger auf die Brust. »Und deshalb musst *du* auf *ihn* zugehen. Häng nicht an ihm rum wie ein Stück Obst, sondern rede mit ihm.«

Celia sackte regelrecht in sich zusammen. »Und worüber soll ich mit ihm reden?«, jammerte sie.

Jetzt stöhnte Nneka noch lauter. »Ich glaub's nicht«, sagte sie kopfschüttelnd. »Ich glaub es einfach nicht!«

»Tja«, schnappte Celia. »Du kannst deine Klappe ja auch leicht aufreißen. Erstens bist du nicht verliebt und zweitens kennst du deinen Bruder tausendmal besser als ich.«

Sie machte Anstalten, sich loszureißen, aber das ließen wir nicht zu.

»Du bleibst jetzt hier«, knurrte ich. »Oder bildest du dir etwa ein, dass wir diesen ganzen Aufwand für nix und wieder nix betreiben? Ich habe sogar Jona mit ins Boot geholt, weil du es dir gewünscht hast. Und jetzt, da die feine Prinzessin plötzlich die Hosen voll hat, soll der ganze Hofstaat ebenfalls den Schwanz einkneifen und die ganze schöne Aktion einfach über den Jordan gehen? Nee, aber nicht mit mir!«

Celia schluckte und ihre Unterlider füllten sich mit Tränen.

Himmel noch mal, was war ich bloß für eine Arschgeige! Diese Standpauke hätte ich mir besser sparen sollen. Wahrscheinlich hatte ich damit mehr kaputt gemacht als gerettet. Aber dann sah ich das Funkeln in Nnekas Augen, und da wusste ich, dass es richtig gewesen war.

»A-aber ich bin doch keine Prinzessin«, schluchzte Celia jetzt los.

»Und warum führst du dich dann so auf, als ob du eine wärst?«, gab Nneka zurück.

»I-ich weiß nicht«, heulte Celia.

»Du bist eben total vermurkst.«

»Bin ich überhaupt nicht!«, fauchte Celia.

»Schluss jetzt!«, sagte ich energisch. »Kein Streit. Kein Gezicke.«

»Hast du einen besseren Vorschlag?«, nölte Nneka.

Und ob ich den hatte! »Wartet's nur ab«, erwiderte ich und wandte mich der Treppe zu, wo just in diesem Moment passenderweise Jonas und Ayos Köpfe über dem Absatz auftauchten. Wahrscheinlich hatten die beiden sich bereits gefragt, wo wir so lange blieben. Jona hob unauffällig den Daumen. Sehr gut! Dann konnte ich also alles auf eine Karte setzen.

»Wir gehen jetzt da runter und sagen Ayo, dass du ihn gern hast«, sagte ich so laut, dass es für niemanden zu überhören war.

Jona grinste von einem Ohr zum anderen und Ayo wuchsen Stielaugen.

»Das überlebe ich nicht«, krächzte Celia. Sie hatte den Jungs nach wie vor den Rücken zugewandt und kaute nervös auf ihrer Unterlippe.

»Dir wird wohl kaum was anderes übrig bleiben«, meinte Nneka und grinste ebenfalls.

»Außerdem wäre es ziemlich schade«, kratzte Ayo sich aus dem Hals.

Celias Miene war anzusehen, dass sie innerlich aufschrie. Für ein paar Sekunden erstarrte sie zur Salzsäule, dann wischte sie sich hastig die Tränen aus dem Gesicht. Ich löste meine Arme von ihrem Hals und Celia drehte sich langsam um. »Ayo«, hauchte sie, und das war dann so ziemlich das Letzte, was sie bis zum Abend überhaupt noch von sich gab.

In beseelter Eintracht radelten wir kurz darauf zum Wald zurück, wo wir uns eine sonnige Lichtung für unser Picknick suchten. Und dort hockten wir dann für den Rest des Tages und futterten zufrieden die vielen Köstlichkeiten, die Frau Ndiaye für uns eingepackt hatte.

Celia und Ayo sahen einander nicht an, aber immer wieder berührten sich ihre Hände, ihre Knie oder ihre Schultern. Ganz sicher würde es noch eine Weile dauern, bis sie sich von ihrem Schock erholt hatten. Aber egal, Hauptsache, unsere Mission war geglückt.

Und wie gut es tat, in aller Ruhe und ohne viel Gequassel den Tag zu genießen, war auch mal eine schöne Erfahrung.

Von nun an bekamen Nneka und ich Celia nur noch für ein paar Minuten am Tag zu Gesicht. Meistens tauchte sie am späten Nachmittag bei uns auf. Dann saßen wir Mädchen ein bisschen im Garten zusammen, doch ehe wir Celia irgendwelche Einzelheiten über den Fortschritt ihrer Beziehung mit Ayo entlocken konnten, tauchte der bereits auf, und die beiden verschwanden angeregt plaudernd irgendwo auf dem Anwesen.

»Er hängt am Fenster und lauert ihr auf«, erklärte Nneka und tippte sich an die Schläfe. »So belämmert möchte ich mal sein!«

»Sie sind eben verliebt«, sagte ich, woran ich nicht im Geringsten zweifelte, denn es stand ihnen sozusagen in Leuchtbuchstaben auf die Stirn geschrieben.

Tja, und was Jona und mich betraf, hatten unsere Klassenkameraden mittlerweile leider auch gecheckt, dass wir zusammen waren. Dabei hatten wir uns wirklich Mühe gegeben, es nicht allzu offensichtlich werden zu lassen. Solange wir uns auf dem Schulgelände aufhielten, liefen wir nicht Hand in Hand oder gar Arm in Arm herum. Das Gleiche galt auch für die nähere Umgebung der Schule. Trotzdem stand eines schönen Morgens Anfang Juni ein riesengroßes *Philippa ♥ Jona* an der Tafel.

All die Mädchen, die schon seit Ewigkeiten ein Auge auf Jona geworfen hatten, waren natürlich nicht gerade amüsiert darüber, dass er nun eine Freundin hatte. Aber ihr Gegaffe und Geläster kümmerte mich nicht. Mit den meisten von ihnen hatte ich ohnehin nie viel zu tun gehabt, und deshalb musste ich ihnen auch nicht erklären, was Jonas und meine Freundschaft so besonders machte.

Die einzige Reaktion, die mich interessierte, war die von Mariel, doch an der schien das Ganze inzwischen abzuperlen wie ein Wassertropfen an einer frisch polierten Glasscheibe. Ihre Gleichgültigkeit war ziemlich schwer zu ertragen, und ich musste mir eingestehen, dass ich es selbst nach so vielen Wochen noch immer nicht verwunden hatte, dass unsere Freundschaft einfach so zerbrochen war.

»Vielleicht sollte ich sie auf die Gartenparty einladen«, sagte ich zu Jona.

»Das würde ich mir gut überlegen«, riet er mir. »Womöglich kommt sie tatsächlich, und zwar um dir alles zu vermiesen.«

Ich schüttelte den Kopf. »Das würde sie nicht tun. Allein schon deshalb nicht, weil unsere Mütter befreundet sind.«

Letztendlich verwarf ich diese Idee aber wieder, allerdings aus einem ganz anderen Grund. Wahrscheinlich würde Mariel denken, dass ich mit dieser Party, mit der Villa und den von Helsings nur herumprahlen wollte, damit sie sah, dass ich es noch tausendmal besser getroffen hatte als sie mit ihren Barbiepuppenfreundinnen und sie daher gut daran getan hätte, mich nicht in die Wüste zu schicken.

Nein, nein – was Mariel betraf, konnte ich eigentlich nur noch auf ein drittes Wunder hoffen. Wer weiß, vielleicht war in meinem Leben ja noch Platz dafür.

Vertauscht

Die Tage bis zu Frau von Helsings großer Gartenparty vergingen wie im Flug. Anfang der zweiten Juniwoche wurde es leider noch einmal ziemlich kalt. Von Dienstag auf Mittwoch regnete es ohne Unterlass, und ich befürchtete schon, dass die Gartenparty im wahrsten Sinne des Wortes ins Wasser fallen könnte.

»Mach dir keine Gedanken«, beruhigte Celia mich. »Meine Mutter wäre nicht meine Mutter, wenn sie nicht auf alles vorbereitet wäre. Wie immer wird sie sicherheitshalber Pavillons aufstellen lassen. Und wenn alle Stricke reißen, findet die Fete eben im Haus statt. Auf keinen Fall wird sie das Ganze abblasen oder die Gäste wieder heimschicken.«

Dennoch: Alles würde besser laufen, wenn an diesem Tag die Sonne schien, davon waren Nneka, Celia und ich überzeugt. Und deshalb schleppten wir, als der Himmel am Freitagnachmittag noch immer wolkenverhangen war, jede Menge Töpfe, Schüsseln und Pfannen in den Garten hinaus und verteilten sie zwischen den Pflanzen, um darin die Regengeister einzufangen. Anschließend wies Nneka Ayo, Krister, Josi, Celia und mich in die Technik und die Magie des Sonnentanzes ein. Dazu stampften wir »Eja-eja-eja-heeeja-heee!« grölend im Kreis herum, schlackerten mit den Armen und warfen dabei unsere Oberkörper vor und zurück.

Lotugo, Blizzi, Flominga und der Kuschelmuschelhase machten natürlich auch mit. Nur die beiden Zwergkaninchen, die meine Geschwister lustigerweise auf die Namen Paulchen und Panther getauft hatten, mussten in unserer Wohnung bleiben, damit die erzürnten Regengeister sie nicht verschleppten.

»Und das bringt echt was?«, fragte Krister, als wir eine Viertelstunde später völlig erschöpft alle miteinander im feuchten Gras lagen.

»Schon möglich«, meinte Nneka kichernd. »In Afrika braucht man allerdings nur Regentänze.«

»Wusste ich's doch«, brummte Ayo. »Das war gar kein richtiger Sonnentanz.« Er kniff seine Schwester in den Oberarm. »Du hast ihn dir bloß ausgedacht, stimmt's?«

»Stimmt«, gab Nneka noch immer kichernd zu.

Der Tanz wirkte trotzdem. Vielleicht lag es aber auch an den Töpfen, Schüsseln und Pfannen, jedenfalls erstrahlte der Himmel am Samstagmorgen in einem klaren Blau, und bis zum Mittag hatte die Sonne dann auch den Rasen getrocknet, sodass einer ungetrübten Feier nichts mehr im Wege stand.

Diesmal hatte Frau von Helsing das Ganze etwas bescheidener aufgezogen. Ein Auftritt von Madonnas Tochter war leider nicht geplant, dafür würde eine eher unbekannte Combo Salsamusik spielen. Außerdem sollte ein Zauberer zwischen den über das ganze

Anwesen verteilten Tischen umhergehen und vor stets kleinem, wechselndem Publikum seine simplen, aber dennoch verblüffenden Tricks darbieten.

»Am besten, wir warten ab, bis klar ist, dass alles glattläuft«, schlug Nneka vor. »Je besser Celias Mutter gelaunt ist, desto größer sind unsere Erfolgsaussichten.«

Celia und ich waren sofort einverstanden, doch dann, eine halbe Stunde vor Partybeginn, war es Celia selbst, die diesen Vorsatz wieder über den Haufen warf.

»Paps ist gekommen!«, krähte sie mir durchs Handy ins Ohr. »Das ist eine Riesenüberraschung, mit der Mama überhaupt nicht gerechnet hat. Besser als im Moment kann ihre Laune eigentlich gar nicht mehr werden.«

»Heißt das, Nneka, Ayo und ich sollen jetzt schon bei euch antanzen?«

»Auf jeden Fall!«, rief Celia enthusiastisch. »Und zwar so schnell wie möglich!«

»Aber Jona ist noch nicht da!«, rief ich zurück.

»Schreib ihm eine Nachricht«, erwiderte Celia. »Er soll direkt zur Villa kommen.«

Gesagt, getan! Keine sechzig Sekunden später war ich außerdem in meine Lieblingsjeans und das neue Streifentop geschlüpft, hatte meine Haare zu einem Seitenzopf gebunden und mir einen Hauch Himbeergloss auf die Lippen getupft. Wie der bestgeölte Blitz flitzte ich nach oben, um Ayo und Nneka abzuholen, die zum Glück ebenfalls bereits partyfein waren.

Nneka trug eine hüftlange bunt gemusterte Tunika

über ihrer Caprihose und Ayo eine kobaltblaue Spencerjacke zu seiner Jeans. Beide sahen einfach umwerfend aus.

»Ist ja nett von Frau von Helsing, dass sie dich heute nicht kellnern lässt«, scherzte ich, während wir mit strammen Schritten zur Villa hinübereilten.

»Das mache ich doch freiwillig und außerdem sehr gern«, entgegnete Ayo fast ein wenig empört. »Allerdings nur die ersten beiden Stunden bis achtzehn Uhr. Danach will ich selber feiern.« Er fuhr mit seinen Daumen unter dem Reverskragen entlang. »Was glaubst du wohl, warum ich diese Jacke hier trage?«

»Ach so«, sagte ich, wenig begeistert davon, dass er tatsächlich arbeiten wollte. Immerhin sollte Ayo heute als »Schwiegersohn« auftreten und nicht als Bediensteter. Doch ich hütete mich davor, dies auszusprechen. Ich mochte ihn so, wie er war, und wollte vermeiden, dass er meinen Kommentar als Herabsetzung empfand. Und so konnte ich nur hoffen, dass Frau von Helsing ebenfalls über Ayos Status hinwegsah und uns möglichst all unsere Wünsche erfüllte.

Celia wartete bereits am Eingang auf uns. Evelyn und eine weitere Angestellte – beide in gleichen hellen Sommerkleidern – flankierten die weit offen stehenden Türflügel, um die Gäste zu begrüßen und jene, die zum ersten Mal kamen und sich noch nicht auskannten, mit den Örtlichkeiten vertraut zu machen.

»Mama und Paps sind im Wintergarten«, empfing Celia uns aufgeregt. »Wir haben noch knapp zwanzig Minuten bis zum offiziellen Partybeginn. Das muss reichen.«

Mit weit ausholenden Armen und schwingendem Haar lief sie voraus die breite Diele entlang und durch das Arbeitszimmer ihrer Mutter auf den Wintergarten zu. Plötzlich blieb sie wie angewurzelt stehen.

»Was ist los?«, fragte ich.

Hastig drehte Celia sich zu uns um. »Pssst!«, machte sie, legte den Finger an ihre Lippen und sah uns mahnend an. »Meine Eltern … Ich glaube, sie streiten sich.«

Oje, oje, das war aber gar nicht gut!

»Bist du sicher?«, flüsterte Nneka und deutete auf den Sekretär, der neben der Tür zum Wintergarten stand. Zwischen ihm und der Wand war ausreichend Platz für uns alle.

Celia schüttelte entschieden den Kopf. »Ich werde sie nicht belauschen. Das mache ich nicht. Niemals.«

»Margarethe, so geht das nicht weiter«, schallte da eine aufgebrachte Männerstimme zu uns heraus. – Celias Vater! »Wir müssen den Bogenstedts reinen Wein einschenken. Sie und die Mädchen haben ein Recht darauf zu erfahren, was damals passiert ist.«

»Dann riskieren wir, sie zu verlieren«, erwiderte Frau von Helsing nicht weniger ungehalten. »Das kannst du unmöglich wollen.«

»Ja, was denkst du denn, wie die Bogenstedts dazu stehen?«, sagte ihr Mann. »Sie sind doch in derselben Situation wie wir.«

»Aber juristisch gesehen …«, fuhr Celias Mutter aufbrausend dazwischen, wurde jedoch auf der Stelle von Bernhard von Helsing unterbrochen.

»So ein Tausch ist kein juristisches Problem, sondern ein emotionales.«

»So siehst du das vielleicht«, gab seine Frau zurück. »Ich möchte sicher sein, dass weder Celia noch Philippa seelischen Schaden nehmen, und deshalb halte ich es für die beste Lösung, alles so zu belassen, wie es ist. Die Familien werden nicht auseinandergerissen. Celia wächst in der Nähe ihrer Geschwister auf, und wir gewährleisten Philippa ein Leben, das ihr alle Chancen bietet.«

»Du kannst nicht für uns alle Schicksal spielen, Margarethe«, gab Celias Vater mit fester Stimme zurück.

»Aber du, ja?«, zischte Frau von Helsing, und einen Moment lang herrschte angespannte Stille, in der ich nur Celias kalkweißes Gesicht und meinen polternden Herzschlag wahrnahm. »Du machst es dir wirklich leicht. Schließlich bist du kaum hier, ich jedoch …«

»Du willst mir jetzt aber nicht unterstellen, dass ich meine Tochter nicht liebe, oder?«, fuhr ihr Mann dazwischen.

»Deine Tochter?« Margarethe von Helsings Stimme zitterte. »Du kennst sie ja nicht einmal. Oder bist du in den paar Stunden, die du während der Osterferien zu Hause warst, ein einziges Mal zum Gästehaus hinübergegangen?«

»Herr Bogenstedt ist dein Angestellter«, gab ihr Mann zurück.

»Ja, und Celias Vater.«

Es traf mich wie ein Schlag.

Celias Vater… Celias Vater… Celias Vater… echoten Frau von Helsings Worte in meinen Ohren. Um mich herum drehte sich alles, und ich hatte das Gefühl, keinen Boden mehr unter den Füßen zu haben.

»Ihr müsst weg hier«, drang Nnekas Stimme wie durch eine dicke Watteschicht zu mir hindurch. Ich spürte den energischen Druck ihrer Hände an meinem Rücken. »Los, schnell!«

Ich registrierte Ayos bestürztes Gesicht und ich hörte Celia schluchzen. Ayo hatte seinen Arm um ihre Schultern gelegt und schob sie sachte, aber ebenso bestimmt, wie Nneka es mit mir tat, in Richtung Flur zurück.

»Aber wo sollen wir denn hin?«, jammerte ich. »Wohin?«

Anstatt mir eine vernünftige Antwort zu geben, blaffte Nneka mich jetzt beinahe wütend an: »Jetzt reiß dich mal zusammen. Wenigstens so lange, bis wir draußen sind. Evelyn darf auf keinen Fall merken, wie sehr ihr von der Rolle seid.«

»Aber was sollen wir… Was machen wir… Wohin…?«

Ich konnte einfach keinen klaren Gedanken fassen. Erst als Nneka «Marillenstraße« sagte, ging ein Ruck durch mich hindurch. Ja, das war eine gute Idee. Wenn ich erst mal bei Limette war, in meinem alten Zimmer, in der Welt, in der ich mich sicher fühlte, würde sich bestimmt eine Lösung finden.

Ich tat einen tiefen Atemzug und richtete mich auf. Endlich spürte ich wieder Kraft in meinen Beinen. Nneka hatte recht, erst einmal mussten wir weg von hier, weg von diesem schrecklichen Anwesen, auf der die Frau wohnte, die mir mein Leben gestohlen hatte. Hier würde alles nur noch schlimmer werden, hier war ich meinem Schicksal hilflos ausgeliefert.

Auch Celia schien sich mittlerweile wieder ein wenig gefangen zu haben. Zumindest hörte ich sie nicht mehr schluchzen. Meine Füße liefen jetzt von ganz allein. Ich sah den Ausgang auf mich zukommen und nur wenige Augenblicke später wurde ich vom Sonnenlicht umfangen.

»Wir sind noch mal kurz drüben im Gästehaus!«, rief Nneka Evelyn zu. »Bis später!«

Ihre Hand glitt meinen Arm hinab, umfasste mein Handgelenk und zog mich weiter, und ich trabte wie eine Marionette neben ihr her.

»Jona«, murmelte ich. Mit einem Mal wünschte ich mir nichts sehnlicher, als bei ihm zu sein.

»Sobald er hier auftaucht, erzähle ich ihm alles und schicke ihn zu euch in die Marillenstraße.«

»Okay«, sagte Celia mit unterdrückter Stimme neben mir. »Okay.«

»Und Ayo und ich werden gegenüber euren Eltern die ganze Zeit so tun, als wärt ihr hier irgendwo auf dem Gelände«, raunte Nneka.

Das Gästehaus war in Sichtweite gekommen, aber sie und Ayo zerrten uns daran vorbei auf eine Buschgruppe zu, von wo aus wir unbehelligt auf den Zufahrtsweg gelangten. Der Zaun, der das Anwesen umgab, war nun nicht mehr weit entfernt und die Alarmanlage tagsüber in der Regel abgestellt. Hoffentlich auch heute.

Ayo probierte es für uns aus, indem er das Gitter vorsichtig mit dem Finger berührte. Wir hielten für eine Sekunde den Atem an, aber es tat sich nichts. Alles blieb ruhig. Ayo verschränkte seine Hände und half uns via Räuberleiter nacheinander auf die andere Seite. »Nehmt die Haltestelle an der Ruine«, empfahl er uns. »Das ist sicherer, weil der Weg dorthin hinter Bäumen versteckt liegt.« Besorgt glitt sein Blick von mir zu Celia. »Schafft ihr das?«

Ich nickte. Wir hatten den Zaun bezwungen, also würden wir den Rest wohl auch noch hinkriegen.

»Meldet euch, sobald ihr angekommen seid«, trichterte Nneka uns ein. Ihre dunklen Augen funkelten erregt und ihre Hände gestikulierten wild und eindringlich. »Wir reden später. Ganz in Ruhe. Uns fällt schon was ein, okay? … Aber erst mal müsst ihr ganz schnell weg von hier.«

Das erste Stück bis zur Waldgrenze rannten wir. Dann ging es am See entlang bis zur Erhebung, auf der die Burgruine stand. Ich registrierte Celias hastige Bewegungen neben mir und hörte sie keuchen. Zu Fuß war der Weg wirklich kein Pappenstiel, und eigentlich war ich schon völlig fix und fertig, aber ich wollte nicht aufhören zu rennen. Wenn ich rannte, musste ich nicht denken. Und nicht denken zu müssen, war im Moment ein Segen.

Kurz bevor wir die Gerlitzerstraße erreichten, geriet Celia ins Straucheln. Hinter uns bimmelte ein Fahrradfahrer. Geistesgegenwärtig packte ich sie am Handgelenk und riss sie zu mir herüber. Heftig fluchend brauste einer dieser getunten Möchtegern-Alberto-Contadors an uns vorbei.

»Scheiße!«, stieß Celia aus. »Scheiße! Scheiße! Scheiße!« Dann ließ sie sich in meine Arme fallen und fing an zu heulen. »Ich hab doch gemerkt, dass sie dich lieber hat als mich. Und jetzt weiß ich auch, warum.«

»Nein«, sagte ich und versuchte, nicht an Mama zu denken. »Sie ist doch deine Mutter.«

»Ist … sie … eben … nicht!«, schrie Celia in meine Halsbeuge. Ihre Tränen kullerten in meinen Ausschnitt, und ich spürte, wie mein Top allmählich nass wurde. »Sie ist deine Mutter … Deine! Deine! Deine! … und Paps … er …« Der Rest des Satzes ging in heftigem Schluchzen unter.

Ich klammerte mich an Celia fest und hatte große Mühe, nicht durchzudrehen. Celia hatte ihre Eltern verloren und ich meine. Und ich hatte auch keine Geschwister mehr und kein Zuhause. Nur die Marillenstraße existierte noch und Limette natürlich, doch auch das würde in weniger als einer Woche bereits der Vergangenheit angehören. Der Einzige, der mir blieb, war Jona. Aber was, wenn Celia recht hatte? Wenn

Frau von Helsing lieber mich wollte als sie, wenn sie darauf bestand, dass ich von nun an bei ihr in der Villa lebte, und mich womöglich an Celias Stelle in das Mädcheninternat nach Süddeutschland steckte? Ob Mama und Papa das zuließen? Hätten sie überhaupt die Möglichkeit, es zu verhindern? Vielleicht waren sie ja sogar froh, dass sie mich loswurden und einfach eintauschen konnten, dann mussten sie schließlich kein schlechtes Gewissen mehr haben, weil es mir in unserer neuen Wohnung nicht gefiel.

Es waren schreckliche und bescheuerte Gedanken, die ich mir am liebsten aus dem Kopf gerissen hätte, aber leider saßen sie so fest, als wären sie mit Pattex angeklebt.

»Es wird alles gut, glaub mir, es wird alles gut«, murmelte ich. Ich sagte es mehr zu mir als zu Celia, und ich versuchte mit aller Macht, daran zu glauben.

Als wir in der Marillenstraße ankamen und ich Celia hinter mir her durch den Torweg zog, war Jona schon da. Er hockte mit Limette auf seinem Schoß auf der untersten Treppenstufe. »Philippa!«, rief er, setzte Limette sanft neben sich ab und kam auf mich zugelaufen. »Das kann doch alles gar nicht wahr sein! Es ist bestimmt ein Missverständnis.«

»Ist es nicht«, krächzte ich und sank gegen seine Schulter. Meine linke Hand krallte sich in sein T-Shirt und mit meiner rechten hielt ich noch immer Celia fest. Meine Augen füllten sich mit Tränen, und nun war ich es, die Jona das Shirt nass heulte.

Er hauchte mir einen Kuss ins Haar und flüsterte: »Jetzt lass uns erst mal reingehen.« Er schob seine Hände in die Gesäßtaschen meiner Jeans. »Wo hast du denn den Schlüssel?«

Oh Gott! Der steckte im Seitenfach meines Rucksacks und der wiederum befand sich in meinem Zimmer im Gästehaus. In der ganzen Aufregung hatte ich überhaupt nicht daran gedacht, ihn mitzunehmen. Ich löste mich von Jona und Celia, wischte mir die Tränen aus dem Gesicht und zog mein Handy hervor. »Ich rufe Nneka an. Sie oder Ayo müssen ihn vorbeibringen.«

Jona schüttelte unwillig den Kopf. »Was ist mit eurer Nachbarin?«, fragte er. »Die, die sich um Limette kümmert? Die hat doch bestimmt auch einen, oder?«

Frau Deggers. – Natürlich!

»Ich bin gleich wieder da!«, rief ich, bereits auf dem Weg ins Vorderhaus.

Zwei Stufen auf einmal nehmend eilte ich in den zweiten Stock hinauf, setzte meinen Finger auf Frau Deggers Klingelknopf und ließ ihn erst wieder los, als ich schnelle Schritte hinter der Tür vernahm.

»Herrgott noch mal, was ist denn jetzt schon wieder los?«, wetterte unsere Nachbarin, während sie öffnete. »Ach, Philippa, du bist das!« Ihre Miene entspannte sich augenblicklich.

»Ja«, stammelte ich, heilfroh darüber, dass Frau Deggers zu Hause war und offensichtlich auch nicht bemerkt hatte, dass ich ein wenig verweint aussah. »Entschuldigung. Aber ich habe meinen Schlüssel vergessen und … ähm …«

»Jetzt möchtest du meinen ausleihen.« Frau Deggers lächelte. »Warte, Kind, ich hole ihn.« Sie zog die Tür nun ganz auf. »Oder möchtest du mir noch einen Moment Gesellschaft leisten? Ich habe eine Erdbeertorte gebacken und könnte uns dazu einen Kakao kochen.«

»Nein … ähm … mein Freund und … ähm … eine Freundin von mir warten unten«, brachte ich stoßweise hervor.

Auf Frau Deggers Gesicht machte sich Enttäuschung breit. Hoffentlich kam sie jetzt nicht noch auf die Idee, mit hinüberzukommen und uns den Kakao und den Kuchen drüben in der Wohnung zu servieren.

»Tja, also, weißt du«, sagte sie nun, »ich bin heute nicht gut zuwege, aber wenn du magst, packe ich dir etwas von der Torte ein.«

»Das ist wirklich total nett von Ihnen«, erwiderte ich und atmete erleichtert auf.

»Aber das mache ich doch sehr gerne«, meinte Frau Deggers und lächelte wieder.

Ich wartete im fahlen Licht des Treppenflurs, bis sie mit einer Plastikdose und dem Schlüssel zurückkam.

»Wir bleiben bis heute Abend«, schwindelte ich. »Und ich bringe Ihnen den Schlüssel dann nachher wieder zurück.«

»Ach, schmeiß ihn doch einfach in den Briefkasten«, entgegnete sie. »Ich glaube, ich gehe heute früh zu Bett. Und da du dich ja jetzt ohnehin um deine Katze kümmerst, brauche ich ihn heute sowieso nicht mehr.«

Na, umso besser! Ich bedankte mich artig für den Kuchen und flitzte hastig wieder in den Innenhof hinunter.

Jona und Celia saßen mittlerweile auf der obersten Treppenstufe und kraulten Limette. Celia schien sich ein wenig beruhigt zu haben, zumindest weinte sie nicht mehr.

Ich schloss die Tür auf und ließ die beiden zuerst eintreten. Jona ging direkt bis in mein Zimmer durch, aber Celia blieb mitten in der Küche stehen und schaute sich um. Unter ihren Blicken sah ich alles plötzlich mit ganz anderen Augen. So waren mir früher der Riss im Putz neben der Kuckucksuhr und die etwas schräg in den Angeln hängende Tür des Vorratsschranks gar nicht aufgefallen.

»Hier hast du also gewohnt«, sagte sie.

»Ja, ich weiß, es ist ziemlich einfach und auch schon etwas schäbig«, beeilte ich mich, den Zustand der Wohnung zu entschuldigen.

»Nee, nee.« Celia winkte ab. »Es gefällt mir. Es ist irgendwie cool. Also ehrlich, ich verstehe, dass du nicht von hier wegwolltest.«

»Ja«, hörte ich mich selber sagen.

Mein Blick klebte auf Celia, und plötzlich rauschten Bilder in blitzschneller Abfolge durch meinen Kopf: Celia zwischen Mama und Papa auf der Couch vor dem Fernseher. Celia, in meinem Streifenpyjama, wie sie sich vor unserem Badezimmerspiegel die Zähne putzt, während Papa hinter ihr lustige Grimassen schneidet. Celia in meinem Bett, auf der Kante hockt Mama und streichelt ihr zärtlich über die Wange. Celia, die lachend mit Krister und Josefine um die Kastanie herumtobt. Celia mit meiner Ringelmütze auf dem Kopf. Celia und Limette, so innig, so vertraut, so unzertrennlich. Celia. Celia. Celia.

»Nein!«, brüllte ich. »Nein! Nein! Neiiin!«

Jona war mit einem Satz bei mir. »Ist ja gut«, beschwor er mich. »Ist ja gut.« Er strich mir über die Schultern, wollte mich beruhigen, aber ich schubste ihn weg.

»Gar nichts ist gut!«, fuhr ich ihn an. »Ich will das nicht! Kapierst du? Ich – will – das – alles – nicht! Das hier ist mein Zuhause. Meine Eltern. Meine Geschwister! Meine Katze!«

»Ich will das auch nicht«, sagte Celia erstaunlich gefasst. »Ich hasse meine Mutter dafür, dass sie uns das antut. Ich verstehe gar nicht, wieso sie überhaupt solche Nachforschungen angestellt hat.«

»Vielleicht hat sie sich darüber gewundert, dass du niemandem aus deiner Familie ähnlich siehst«, kam es von Jona.

Celia schüttelte den Kopf. »Woher willst du das wissen?«, entgegnete sie. »Ich meine, dass ich niemandem ähnlich sehe?«

»Ich weiß es nicht«, gab Jona achselzuckend zurück. »Ich habe es einfach nur vermutet.«

Celia seufzte. »Wahrscheinlich vermutest du sogar

richtig. Ich habe, ehrlich gestanden, bisher noch nie so sehr darauf geachtet. Es gab ja irgendwie auch keinen Grund dafür. Obwohl ich …« Sie brach ab und fuhr schließlich etwas leiser fort, »… obwohl ich manchmal tatsächlich gedacht habe, dass ich adoptiert sein könnte. Aber das hatte nichts mit meinem Äußeren zu tun, sondern eher damit, dass meine Mutter mich wie eine Fremde behandelt hat.« Celias Gesicht wurde mit jedem Wort blasser. Sie zog einen Stuhl unter dem Tisch hervor und ließ sich mit hängenden Schultern darauf nieder. »Wahrscheinlich weiß sie schon seit vielen Jahren, dass ich gar nicht ihre richtige Tochter bin. Vielleicht wusste sie es sogar von Anfang an.«

»Das kann ich mir nicht vorstellen«, erwiderte Jona. Er schob mich auf den Stuhl neben Celia und setzte sich dann uns gegenüber auf die Küchenbank. »Wenn sie es schon wusste, als du noch ein Baby warst, hätte sie bestimmt alles getan, um euch auszutauschen. Damals wäre das ja noch leichter gewesen … glaube ich zumindest. Aber jetzt, wo ihr schon so alt seid und sie sich an euch gewöhnt haben …« Er sah von Celia zu mir und dann wieder zu Celia. »Wollt ihr mir nicht mal erzählen, was deine Eltern genau gesagt haben? Nneka war total mit den Nerven runter, ich habe nicht mal die Hälfte von dem verstanden, was sie sich zusammengestammelt hat. Eigentlich nur, dass ihr nach eurer Geburt irgendwie vertauscht worden sein müsst und bei den falschen Familien aufgewachsen seid.«

»Ich bin nicht falsch«, sagte ich. »Und meine Familie auch nicht. Ich bin ganz und gar richtig hier«, betonte ich und tippte zur Bekräftigung mit dem Zeigefinger auf den Küchentisch. Unseren Marillenstraßen-Küchentisch.

»Ich kann mich nicht mehr erinnern«, murmelte Celia und ließ das Gesicht in ihre Hände sinken. »In meinem Kopf sind nur noch Satzfetzen. Irgendwas davon hat Paps gesagt und irgendwas meine Mutter, aber so richtig zusammen kriege ich das alles nicht mehr.«

»Okay«, sagte Jona. »Okay.« Erst jetzt fiel mir auf, dass auch er ziemlich fertig aussah. »Und was wollt ihr nun tun?«

Das war eine gute Frage. Eine wirklich gute Frage.

Nachdem wir ein paar Möglichkeiten durchgespielt hatten, wurde uns ziemlich schnell klar, dass wir auf Dauer nicht hierbleiben konnten. Spätestens heute Abend würde unseren Familien auffallen, dass wir verschwunden waren. Wenn Ayo und Nneka dichthielten und nicht erzählten, dass wir Celias Eltern unfreiwillig belauscht hatten, würden sie höchstwahrscheinlich erst mal das Anwesen durchkämmen und danach die nähere Umgebung. Vielleicht würden sie sogar die Polizei einschalten, weil sie davon ausgingen, dass uns etwas zugestoßen war, uns womöglich sogar jemand entführt hatte, um ein Lösegeld zu erpressen.

»Es ist nicht okay, wenn sie sich um uns ängstigen müssen«, sagte ich beklommen. »Meine Eltern sind doch völlig ahnungslos.«

»Also ich finde, meiner Mutter geschieht das ganz recht«, erwiderte Celia kühl.

Jona warf ihr einen betrübten Blick zu. »Ich weiß nicht«, sagte er kopfschüttelnd.

»Also, ich fahre jetzt ganz bestimmt nicht wieder nach Hause und tue so, als ob nichts passiert wäre«, brummte Celia. Sie zog ihr iPhone hervor und fuhr es runter. »Du musst dein Handy auch ausschalten«, sagte sie zu mir. »Sonst können sie uns orten.«

»Und was ist mit Nneka?«, fragte ich. »Wie soll sie uns denn dann erreichen?«

»Schick ihr eine Nachricht«, entgegnete Celia, während sie vom Stuhl aufstand und zur Anrichte hinüberging. Nacheinander zog sie die Schubladen auf, bis sie gefunden hatte, was sie suchte: drei Kuchengabeln. Sie legte zwei davon auf den Tisch, nahm den Deckel von Frau Deggers Plastikdose ab und tauchte ihre Gabel in die Erdbeertorte. »Schreib ihr, dass wir ab sofort nur noch per SMS miteinander kommunizieren und du dein Handy zu jeder vollen Stunde kurz einschaltest, um nachzusehen, ob sie uns etwas mitgeteilt hat.«

»Okay«, sagte ich, holte mein Handy hervor und fing an zu tippen.

Eine Minute später war die Nachricht an Nneka abgeschickt. Ich drückte auf den Ausschaltknopf und legte das Handy zur Seite.

»Wir brauchen was zu trinken«, sagte Celia. »Und auch noch etwas anderes zu essen. Blöderweise habe ich kein Geld dabei.« Erwartungsvoll richtete sie ihre Augen auf Jona.

»Ich hab auch nur noch drei oder vier Euro«, erwiderte er. »Davon könnte ich euch Mineralwasser besorgen und vielleicht noch ein paar Brötchen.«

Celia nickte. »Das wäre echt toll, wenn du das machen würdest. Und für heute würde das auch reichen.«

Ich lehnte mich zurück und musterte sie. Ihre Wangen waren gerötet und ihre Augen leuchteten. Im Gegensatz zu mir schien ihr das Ganze inzwischen richtig zu gefallen und irgendwie verstand ich sie sogar. Celia fühlte sich zum ersten Mal wirklich frei. Kein Fahrer, der sie durch die Gegend kutschierte, kein Zaun, keine Alarmanlage, keine Regeln, keine Zwänge.

Glaub mir, ich hätte um nichts auf der Welt mit ihr tauschen wollen. Und ich legte auch überhaupt keinen Wert darauf, dass Frau von Helsing mir alle Chancen dieser Welt eröffnete. Ich wollte einfach nur meine Familie behalten.

»Und dann?«, platzte ich heraus. »Was ist, wenn wir die Brötchen aufgegessen haben und die Wasserflaschen leer getrunken sind?«

»Jona muss uns Geld besorgen«, sagte Celia so, als gäbe es nichts Selbstverständlicheres.

»Wie denn?«, knurrte er. »Ich hab nichts mehr. Die paar Kröten in meinem Portemonnaie sind der Rest von meinem Taschengeld in diesem Monat.«

»Was?« Celia schüttelte ungläubig den Kopf. »Der

Monat ist gerade mal zur Hälfte um. Da kannst du doch nicht schon alles ausgegeben haben. Wie viel kriegst du denn überhaupt?«

»Fünfzehn.«

Celia konnte es nicht fassen. »Nur?«

»Bis jetzt hat es immer gereicht«, entgegnete Jona trotzig.

»Ich habe früher auch nicht mehr bekommen«, sprang ich ihm zur Seite. »Erst seitdem Papa bei euch arbeitet, krieg ich zwanzig Euro. Du siehst also, was dir bevorsteht, wenn du mit mir tauschst.«

»Ich will überhaupt nicht mit dir tauschen«, fauchte Celia. »Das würde meine Mutter auch nie zulassen.«

»Ach, und ich dachte, sie mag mich lieber als dich«, blaffte ich, woraufhin Jona seine Hand über den Tisch gleiten ließ und beschwichtigend auf meinen Unterarm legte.

»Das ist ja auch so«, presste Celia hervor. »Trotzdem würde sie mich nicht hergeben. Aber nur, weil das eine Niederlage für sie wäre. Und die kommen in ihrem Leben nun mal nicht vor.« Ihre Augen verengten sich zu schmalen Schlitzen. »Ich habe nachgedacht, Philippa, und deshalb kann ich dir ziemlich genau sagen, was sie tun wird.«

Ich atmete tief ein und aus. »Okay, und was?«

»Sie wird deinen Eltern vorschlagen, dich ebenfalls bei uns aufzunehmen, weil wir es bei ihr einfach am besten haben.«

»Das kann ich mir nicht vorstellen«, sagte ich rau. »Das geht ja auch gar nicht.«

Celia seufzte und mit einem Mal sah sie ziemlich frustriert aus. »Du kannst es mir wirklich glauben, Philippa: *Geht nicht* gab es für meine Mutter noch nie.«

»Aber sie hat etwas anderes gesagt«, gab ich zurück. Zwar konnte auch ich mich nicht mehr an alles erinnern, der eine oder andere Satz, den Frau von Helsing vorhin im Wintergarten an ihren Mann gerichtet hatte, war allerdings sehr wohl in meinem Gedächtnis haften geblieben. »Sie will, dass du in der Nähe deiner Geschwister aufwächst.«

»Eben.« Geradezu triumphierend stieß Celia ihre Gabel in die Erdbeertorte. »Sie will mich behalten und dir alle Chancen bieten.«

Ich starrte sie an und in meinem Bauch ballte sich ein Klumpen von der Größe eines Fußballs zusammen. Celia hatte recht. Sogar ich kannte ihre Mutter gut genug, um mir ausmalen zu können, dass genau das ihr Plan sein musste.

Jonas Blick war die ganze Zeit zwischen uns hin und her gezuckt. Nun sah er mich direkt an. »Ich hätte noch Geld«, sagte er. »Theoretisch.«

Ich brauchte ein paar Sekunden, bis ich begriff, dann schlug ich mir die Hand gegen die Stirn. »Na klar!« Die hundertfünfzig Euro, die Margarethe von Helsing mir für seine eingerissene Jeans gegeben hatte. Plötzlich musste ich lachen. Celia würde sich gleich wahrscheinlich gar nicht mehr einkriegen, wenn sie erfuhr, dass ausgerechnet ihre Mutter uns unsere Flucht finanzierte.

Es war verrückt, und wahrscheinlich würde es auch gar nicht klappen, aber eine andere Möglichkeit gab es für uns nicht. Und deshalb holte ich die drei Fünfziger aus der Dose in meinem Zimmer, und Jona besorgte uns, was wir brauchten: Mineralwasser, Saft, Brot, Butter und Aufschnitt.

Bis zum nächsten Vormittag wollten wir hier in der Wohnung bleiben, dann mussten wir woanders hin. Zumindest vorübergehend. Denn ganz egal, was unsere Eltern vermuteten oder befürchteten, früher oder später würden Mama und Papa hier auftauchen. Sie durften … sie würden uns nicht finden, aber Frau Deggers würde ihnen bestätigen können, dass wir hier gewesen waren, und dieser Gedanke tröstete mich ein wenig.

»Ich überleg mir, wo ihr unterschlüpfen könnt«, sagte Jona zum Abschied, denn für ihn wurde es allmählich Zeit, nach Hause zu fahren. »Morgen früh um neun bin ich wieder hier. Und bis dahin wird mir schon was einfallen.«

Mir war bereits etwas eingefallen, aber dazu hätte ich Mariel anrufen müssen. Und das war nun wirklich das Allerletzte, was ich tun wollte.

Nachdem Jona im dunklen Torweg abgetaucht war, schaltete ich mein Handy ein und stellte fest, dass Nneka bereits zwei SMS geschickt hatte.

Alles klar. Ich melde mich, sobald sich hier was tut.
Die Party ist in vollem Gange und noch vermisst euch keiner.
Haltet die Ohren steif.
Ich beschwöre derweil die guten Geister.
Hel, Nneka

lautete die erste. Die zweite hatte sie anderthalb Stunden später geschrieben und auch die gab noch keinen Anlass zur Sorge.

Hi, ihr Süßen, wie geht es euch?
Hier ist noch immer alles im grünen Bereich.
Wie sind eure Pläne?
Meldet euch bitte mal!!!

Ja, und das tat ich dann auch.

Alles ok. Morgen verschwinden wir von hier.
Hdl, Philippa und Celia … gib Ayo einen Kuss von ihr ;-)

tippte ich, und während ich das tat, ging mir durch den Kopf, dass Celia bisher noch kein einziges Wort über Ayo verloren hatte. Vermisste sie ihn denn überhaupt nicht? Mannomann, aus ihr sollte mal einer schlau werden!

Inzwischen war es halb neun, und ich konnte nicht aufhören, an Mama, Papa, Josi und Krister zu denken, die sich auf der Party amüsierten und von nichts eine Ahnung hatten. Weder davon, dass ich verschwunden noch dass ich gar nicht ihre richtige Tochter war. Richtige Tochter! – Was hieß das denn schon? Doch nur, dass meine Mutter mich nicht geboren hatte, sondern Frau von Helsing. Sollte ich zu der etwa in Zukunft Mama sagen? Nein, das konnte ich mir beim besten Willen nicht vorstellen! Ich war mir ja nicht mal sicher, ob ich sie überhaupt jemals wirklich gern haben könnte.

Was hatte Celias Vater noch gesagt? Es wäre kein juristisches Problem, sondern ein emotionales. Ich wusste zwar nicht genau, was es eigentlich bedeutete, aber in gewisser Weise verstand ich schon, wie er es meinte.

Er hatte Celia gern und wollte sie behalten, und auch wenn mein Verhältnis zu meinen Eltern in letzter Zeit nicht das allerbeste gewesen war, mochte ich mir nicht vorstellen, dass sie mich einfach so hergeben würden.

Allein der Gedanke schnürte mir die Kehle zu und ließ mir erneut die Tränen in die Augen steigen.

»Was ist?«, hörte ich Celias Stimme hinter mir. »Träumst du?«

Erschrocken fuhr ich zu ihr herum und bemerkte, dass sie inzwischen unsere Gläser und das Besteck gespült und die Lebensmittel verpackt und verstaut hatte. Gerade wischte sie mit einem feuchten Lappen über die Anrichte.

»Ähm … nein«, sagte ich. »Ich hab bloß darüber nachgedacht, wie es weitergehen soll.«

»Das tue ich auch«, erwiderte Celia. »Ich denke die ganze Zeit an nichts anderes.«

»Und?«, fragte ich. »Ist dir schon was eingefallen?«

Celia warf den Lappen ins Spülbecken und ließ sich neben mich auf den Stuhl sinken. »Nein.«

»Wir sind Kinder. Wir können nicht einfach irgendwohin«, sagte ich. »Selbst wenn wir es schaffen, uns ein paar Tage zu verstecken ... Irgendwann finden sie uns. Außerdem reicht das Geld nicht ewig.«

Celia nickte. »Ich weiß.«

»Vermisst du Ayo denn gar nicht?«, fragte ich.

»Doch.« Celia schluckte. »Ob du's glaubst oder nicht, ich vermisse sogar meine Mutter.«

»Du meinst Frau von Helsing«, versuchte ich zu scherzen, weil ich sonst garantiert wieder losgeheult hätte, und jetzt zupfte ein zartes Grinsen an Celias Mundwinkeln. »Ja, genau die meine ich.«

Eine Sekunde später lagen wir uns schluchzend in den Armen. Celia weinte in mein Top und ich in ihres.

»Ich will, dass sie mich auch vermisst«, jaulte Celia. »Sie soll mich so sehr vermissen, dass es ihr das Herz zerreißt und sie so richtig wütend wird«, setzte sie hinzu, während sie sich langsam wieder von mir löste. »Denn sie darf auf keinen Fall zulassen, dass irgendein Richter mich zwingt, in deiner Familie zu leben.«

Ich schnappte nach Luft. Genau das war es – das *juristische* Problem, von dem ihr Vater gesprochen hatte.

»Glaubst du echt, dass ein Richter das einfach so bestimmen darf?«, stieß ich hervor

»Na klar«, schnaubte Celia. »Aber denk jetzt bloß nicht, dass ich etwas gegen deine Familie habe. Ich finde deine Eltern echt nett und deine Geschwister sind auch total süß.«

»Wirklich?«, wunderte ich mich. »Ich dachte, du kannst Krister nicht ausstehen.«

»Unsinn«, sagte Celia. »Er ist zwar ein bisschen wild, aber ich mag ihn.«

»Dann freu dich doch«, gab ich grummelnd zurück. »Ich brauche ihn dir nicht einmal zu schenken. Er ist dein Bruder. Und Josi…« Ich biss mir so fest auf die Unterlippe, dass ich Blut schmeckte. Wenn ich noch weiter darüber nachdachte… wenn wir nicht endlich aufhörten, darüber zu reden, dann würde ich tatsächlich noch durchdrehen.

Celia schien zu spüren, was in mir vorging. Sie streckte ihre Hand aus und berührte mich sanft an der Schulter. »Komm, wir machen uns bettfertig. Morgen ist ein neuer Tag.«

Ich lieh Celia eins meiner alten Nachthemden und kramte sogar noch eine frische Zahnbürste für sie hervor. Um kurz nach neun schaltete ich mein Handy ein letztes Mal ein, aber Nneka hatte sich nicht mehr gemeldet. Die Haustür hatte ich hinter Jona abgeschlossen und den Schlüssel innen stecken lassen, sodass von außen niemand öffnen konnte.

Celia und ich schlüpften unter die Decke in mein eigentlich viel zu schmales Bett. Und da lagen wir dann wie zwei Schwestersardinen, Limette zwischen unseren Knien, blickten zum Dachfenster hinauf und sahen dabei zu, wie der Himmel sich allmählich rosa färbte, immer dunkler wurde und sich schließlich in einen nachtblauen Sternenteppich verwandelte. »Es wäre so schön, wenn du hier wohnen würdest«, flüsterte Celia, »und ich dich ab und zu besuchen könnte …«

»Ja«, wisperte ich zurück. Das wäre wirklich ein Traum.

Überraschung in der Nacht

Keine Ahnung, wer von uns beiden damals zuerst eingeschlafen war, Celia oder ich. Ich weiß nur noch, dass wir eine Ewigkeit wach gelegen und auf jedes klitzekleine Geräusch geachtet hatten: das Rascheln in der Kastanie, das Knacken im Dachgebälk oder das Quietschen der Stahltür am Ende des Torwegs. Einmal glaubte ich, Schritte auf der Treppe vernommen zu haben, dann wieder bildete ich mir ein, eine Stimme flüsterte gleich nebenan in der Küche. Aber wie das Wort schon sagt: Ich *bildete* mir all das nur ein.

Das Nächste, woran ich mich erinnerte, waren Josefines verheultes Gesicht und Kristers verzweifeltes Geschrei.

»Ich will das nicht!«, brüllte er und schlug wie ein Verrückter mit den Fäusten auf den Küchentisch ein.

Bong! – Bong! – Bong! – Bong! – Bong!, machte es, und mit einem Schlag war ich hellwach. Mein Herz wummerte wie verrückt und mein Nacken fühlte sich klatschnass an. Krister und Josefine waren verschwunden. Durch das Dachfenster fiel fahles Mondlicht auf das Fußende meines Bettes und in der Ferne schrie ein Käuzchen. Oder war es Limette?

Langsam richtete ich mich auf und spähte zur Tür.

»Was ist?« Celias Wispern ließ mich zusammenzucken, und ehe ich ihr antworten konnte, ging das Gebollere wieder los.

Bong! – Bong! – Bong! – Bong! – Bong!

Das war nicht der Küchentisch. – Es war die Haustür!

Augenblicklich saßen Celia und ich kerzengerade im Bett.

»Meine Eltern«, hauchte ich. »Das müssen Mama und Papa sein.«

Celia stieß einen Schwall Luft aus. »U-und was machen wir jetzt?«, stammelte sie.

»Nichts«, erwiderte ich leise. »Sie können nicht aufschließen. Und wenn wir uns nicht rühren, werden sie vielleicht irgendwann aufgeben und wieder nach Hause fahren.«

»Gut.« Celia nickte angespannt und krallte ihre Finger in die Bettdecke, die sie sich bis unters Kinn heraufgezogen hatte. »Und wenn es ein Einbrecher ist?«

Ich schüttelte den Kopf. »Ein Einbrecher würde wohl kaum einen solchen Lärm veranstalten.«

Celia sah mich mit großen Augen an. Das Weiß darin glitzerte richtig unheimlich. »Sollen wir nicht lieber schnell nachsehen?«

Ich zögerte nur kurz, dann schob ich meine Beine über die Bettkante und schlich leicht geduckt zur Tür. Mit angehaltenem Atem spähte ich in die Küche. Limette saß neben ihrem halb vollen Fressnapf und sah mich vorwurfsvoll an. »Miau«, machte sie wütend.

Gleichzeitig rief jemand draußen an der Tür meinen Namen.

»Philippa! … Philippa? … Zum Teufel noch mal, Philippa, mach auf!«

Es war nicht Mama, nicht Papa und auch nicht Jona. – Es war Mariel!

Von einer Sekunde auf die andere wurde ich stocksteif. Verdammt, das konnte doch nur eine Falle sein!

»Wer ist das?«, fragte Celia hinter mir.

»Mariel«, sagte ich gepresst. »Die früher mal meine beste Freundin war.«

Celias Hände umklammerten meinen Arm. »Das kapier ich nicht. Was will die hier? Mitten in der Nacht!«

»Keine Ahnung. Ihre Mutter und meine Mutter sind eng befreundet und …«

»Dann weiß sie was«, fiel Celia mir ins Wort. Sie zwängte sich an mir vorbei und tappte quer durch die Küche auf den kleinen Eingangsflur zu.

»Spinnst du?«, rief ich. »Was hast du denn vor?«

»Mit ihr reden, natürlich. Ich muss wissen, was sie von dir will«, sagte Celia, und schwupps war sie um die Ecke verschwunden.

Hastig lief ich ihr auf Zehenspitzen hinterher, holte sie aber erst ein, als sie schon an der Haustür war.

»Bist du Mariel?«, rief sie leise.

Stille. Dann: »Ja. … Und wer bist du?«

»Celia.«

»Hmm … Ich muss mit Philippa sprechen«, entgegnete Mariel.

»Warum?«, fragte ich harsch und drängte mich an Celia vorbei.

»Mach doch bitte erst mal die Tür auf!«

»Bin ich bescheuert?«, zischte ich.

»Phily, bitte!«, flehte Mariel. »Ich weiß, was passiert ist.«

»Und wenn schon«, knurrte ich. »Es hat dich nicht zu interessieren.«

Celia sah mich an, als wären in meinem Kopf nicht alle Schrauben festgezogen. Eindringlich tippte sie sich gegen die Stirn. »Hast du einen Knall, oder was?«, wisperte sie. »Jetzt mach schon auf.«

»Mariel ist eine ganz linke Bazille«, sagte ich kopfschüttelnd und so laut, dass sie es draußen ganz sicher verstehen konnte. »Ich trau ihr keinen Millimeter mehr über den Weg.«

Das hatte gesessen. Garantiert.

Mariel schwieg. Und schwieg. Und schwieg. Und schwieg.

Celia starrte mich an und ich starrte gegen die Tür. Ich hörte ein Schaben auf den Stufen und dachte schon, dass Mariel sich jeden Augenblick davonmachte. Aber Irrtum, sie fing von Neuem an zu reden:

»Philippa, es tut mir leid. Ich bin ein Idiot gewesen.«

Anstatt etwas zu erwidern, hielt ich die Luft an.

»Ich hab dich schrecklich vermisst«, fuhr Mariel mit zittriger Stimme fort. »Und ich hab dich … beneidet … Aber das tu ich jetzt natürlich nicht mehr.« Es klang so, als würde sie weinen.

Mein Herz krampfte sich zusammen. Ganz automatisch bewegte sich meine Hand auf den Schlüssel zu.

»Bist du allein?«, wisperte ich.

»Was denkst du denn?«, gab Mariel gepresst zurück.

Celia wippelte ungeduldig mit den Fersen auf und ab. »Jetzt mach endlich!«

»Also gut.« Ich drehte den Schlüssel herum. Einmal. Zweimal. Dann drückte ich die Klinke runter.

Mariel fiel uns quasi entgegen. Ich packte sie an der Jacke und zerrte sie in den Flur und Celia schloss sofort wieder die Tür.

»Mann, das wurde aber auch Zeit!«, blökte Mariel los. »Ein reines Wunder, dass mich keiner von den Nachbarn gehört hat.«

»Woher weißt du, dass wir hier sind?«, fragte ich, während ich sie in die Küche zog.

»Von Jona.«

»Was?« Da fiel mir doch glatt die Kinnlade runter.

»Wen sollte ich denn sonst anrufen?«, erwiderte Mariel.

Trotz der miserablen Lichtverhältnisse erkannte ich, dass ihre Augen leicht gerötet waren. Sie hatte also tatsächlich geweint.

»Ist ja gut«, beschwichtigte Celia sie. »Erzähl jetzt erst mal, was du weißt. Und woher.«

»Ich habe ein Telefongespräch meiner Eltern mit angehört«, berichtete Mariel. »Zuerst war meine Mutter dran und dann mein Vater.« Sie sog geräuschvoll Luft in ihre Nase, während sie ihren Blick auf mich richtete. »Mir war ziemlich schnell klar, dass deine Mama am anderen Ende der Leitung war … und dass es um dich ging. Mam war total durcheinander und das, was sie deiner Mutter antwortete, auch reichlich konfus. Ich habe es trotzdem ziemlich schnell kapiert.« Mariel schloss kurz die Augen und eine Art Schauder erschütterte ihren Körper. »Dass irgend so eine bescheuerte Krankenschwester euch nach eurer Geburt vertauscht hat und dass jetzt alles wieder rückgängig gemacht werden soll.«

»Wieder rückgängig?«, hauchte Celia.

Wir sahen uns an. Ihre Augen füllten sich mit Tränen, und ich hatte das Gefühl, dass mein Gehirn in Flammen stand.

»Ja, verdammte Scheiße!« Mariel schrie nun fast. »Und dann hat deine Mutter mit Pa gesprochen, weil der sich als Rechtsanwalt mit solchen Dingen auskennt.«

»Und?«, fragte ich atemlos. »Was hat er gesagt?«

»Dass er so einen Fall noch nie hatte, aber dass die Sache rein rechtlich gesehen eindeutig sei.«

Ich konnte kaum noch ruhig auf der Stelle stehen und platzte fast vor Ungeduld. »Okay, und was bedeutet das?«

»Na, das ist doch wohl klar«, polterte Mariel. »Es bedeutet, dass Celia in deine Familie gehört und du …« Sie brach ab und jetzt war sie diejenige, die zu weinen anfing. »Oh, Phily, es tut mir so leid«, presste sie hervor. »Wenn ich mir vorstelle, dass du … dass Krister und Josi und … dass du jetzt vielleicht nie mehr …«

Hör auf, dachte ich nur und spürte, wie meine Knie zitterten. Ich konnte nichts sagen, weil ich sonst ebenfalls losgeheult hätte.

»Ich möchte dir so gerne helfen«, fuhr Mariel stockend fort und wischte sich hektisch über die Augen. »Und ich wünschte, ich könnte …«

»Schon gut«, krächzte ich. »Schon gut.«

»Es tut mir so leid, Phily«, sagte sie noch einmal. »Alles … Ich bin so ein Idiot gewesen.«

»Ja, das bist du«, bestätigte ich.

»Könnt ihr das nicht später klären?«, ging Celia ungeduldig dazwischen. »Erzähl lieber, wie das Telefonat zwischen deinem Vater und Philippas Mutter weitergegangen ist«, forderte sie Mariel auf.

»Ach, da war nicht mehr viel«, erwiderte sie und fuhr sich ein letztes Mal mit dem Handrücken übers Gesicht. »Außer dass ihr wahrscheinlich verschwunden wärt, dass sie mit dem Suchen aber warten wollten, bis alle Gäste gegangen sind, damit das keiner mitkriegt.« Mariel hob die Schultern und seufzte tief.

»Und woher hast du Jonas Handynummer?«, platzte es aus mir heraus.

»Die habe ich doch gar nicht«, gab Mariel zurück. »Ich habe einfach seine Festnetznummer rausgesucht.«

»Aber es stehen mindestens hundert Schmiedes im Telefonbuch«, hielt ich dagegen.

»Kann sein. Aber in unserer Klasse gibt es den Namen nur ein Mal und Mam ist doch Elternvertreterin«, erklärte sie. »Ich habe Jonas Nummer aus der

Liste rausgesucht und er hat mir dann den Rest der Geschichte erzählt. So, und jetzt beeilt euch!«, setzte sie energisch hinzu. »Ihr müsst so schnell wie möglich verschwinden. Eure Eltern haben nur deshalb nicht sofort mit der Suche begonnen, weil sie sicher sind, dass ihr euch hier verkrochen habt. Sie können jede Minute aufkreuzen.«

»Das ist uns klar«, erwiderte Celia. »Nur wissen wir leider nicht, wo wir uns sonst verstecken könnten.«

»Aber ich!«, riefen Mariel und ich wie aus einem Munde.

Wir sahen uns an und grinsten.

»Hast du den Schlüssel dabei?«, fragte ich aufgeregt.

»Dreimal darfst du raten!« Mariel zog etwas Glänzendes aus ihrer Jackentasche und hielt es mir unter die Nase. »Tataaa!«

Celia krauste die Stirn. »Kann mich mal jemand aufklären, worum es geht?«

»Um das Schrebergartenhaus von ihrer Tante«, sagte ich und deutete auf den Schlüssel in Mariels Hand. »Dort waren wir früher oft nach der Schule.«

Celia schüttelte unwillig den Kopf. »Ja, aber dort werden sie uns doch garantiert ebenfalls suchen.«

»Hmhm. Nicht solange sie denken, dass zwischen Philippa und mir Funkstille herrscht«, entgegnete Mariel.

Oh Mann! Wer hätte gedacht, dass unser Streit noch mal zu etwas gut sein würde!

»Und praktischerweise sind Tante Susanne und Onkel Rainer gerade auf Korfu«, fuhr Mariel fort. »Ihr könntet also getrost eine Weile dort unterschlüpfen.«

Obwohl ich wenige Stunden zuvor genau diese Idee selber schon gehabt hatte, behagte mir der Gedanke, tagelang in einer Schrebergartensiedlung zu hausen, überhaupt nicht. Noch nie hatte ich mich so sehr nach meinen Eltern und meinen Geschwistern gesehnt wie in diesem Moment, und am liebsten hätte ich mich einfach hier von ihnen finden lassen – wenn es dieses verdammte *juristische Problem* nicht gegeben hätte.

Während ich noch wie belämmert in der Küche herumstand, hasteten Mariel und Celia durch die Wohnung, rafften Waschzeug, Kleidung und die Lebensmittel zusammen und stopften alles inklusive meiner Geldbörse und dem Handy in meinen Rucksack.

»Hier«, sagte Mariel und hielt mir ein paar Klamotten hin. »Zieh das Zeug einfach über dein Nachthemd. Hat Celia auch gemacht.«

Fünf Minuten später waren wir abflugbereit. Mariel, unsere geniale Katastrophenmanagerin, warf sicherheitshalber noch einen Blick durchs Fenster in den Innenhof. »Alles ruhig. Niemand zu sehen. Kein Licht im Vorderhaus«, fasste sie zusammen. Also nix wie los, Mädels!«

Wir schlüpften durch die Haustür ins Freie, Mariel schloss hinter uns ab, dann ging es in lautloser Hast die Treppe hinunter, durch den Innenhof und schließlich in den um diese Zeit absolut stockfinsteren Torweg. Wir mussten Licht machen, weil wir sonst den Eingang zum Vorderhaus und Frau Deggers Briefkasten nicht gefunden hätten.

Nachdem ich den Schlüssel hineingeworfen hatte, warf ich einen Blick zum Himmel hinauf, der mir mittlerweile gar nicht mehr so dunkel vorkam. »Wie spät ist es überhaupt?«

»Viertel nach zwölf«, wisperte Mariel. »In zehn Minuten fährt die letzte U-Bahn Richtung Hauptbahnhof. Allerbestes Timing.«

Wir atmeten alle drei noch einmal tief durch, dann legte ich meine Hand auf die Klinke und zog die Stahltür langsam auf.

Als ich den Transporter gegenüber am Straßenrand bemerkte, wusste ich, dass es gelaufen war. Mein Herzschlag setzte aus und in meinem Kopf wurde es Nacht. Und nur einen Atemzug später baumelte ich an Papas Hals. Mein Vater übersäte mein Gesicht und meine Haare mit Küssen und drückte mich so fest an sich, als wollte er mich nie wieder loslassen.

Kurz darauf saßen wir alle zusammen um unseren Marillenstraßen-Küchentisch herum: Mama, Papa, Margarethe und Bernhard von Helsing, Celia, Mariel und ich.

Mama hatte als Erstes Birgitta angerufen, um ihr zu sagen, dass sie uns gefunden hätten und auch Mariel bei uns war. Dann hatte sie Kakao gekocht und noch eine Packung Kekse aus dem Vorratsschrank hervorgezaubert.

Celia, Mariel und ich hockten wie die Hühner auf der Küchenbank und hielten uns an den Händen, als hätten wir Angst, dass man uns auseinanderreißen und auf verschiedene Kontinente verteilen könnte.

Frau von Helsing hatte auf meinem Stuhl Platz genommen und blickte unschlüssig zwischen Celia und mir hin und her. Ab und zu lächelte sie angestrengt, dann seufzte sie, fuhr sich nervös über die Hände und seufzte wieder.

Papa hatte sieben Trinkbecher auf den Tisch gestellt, den Kakao eingegossen und sich ebenfalls hingesetzt. Niemand sagte etwas. Offenbar traute sich keiner, den Anfang zu machen.

»Seit wann weißt du es?«, durchbrach Celia schließlich die drückende Stille.

Ihre Mutter sog geräuschvoll Luft ein. »Seit einem halben Jahr.«

Celia schluckte. Der Druck ihrer Hand um meine wurde fester. »Und woher?«, fragte sie.

»Wir erhielten einen Brief von einer Krankenschwester, die vor zwölf Jahren auf der Säuglingsstation der Universitätsklinik gearbeitet hat«, begann Frau von Helsing. Noch immer konnte sie weder Celia noch mir richtig in die Augen sehen. Niemals hätte ich gedacht, dass etwas sie so sehr verunsichern könnte, und plötzlich fand ich sie beinahe sympathisch. »Sie teilte uns darin mit, dass sie euch wenige Stunden nach eurer Geburt vertauscht habe.«

Ich nickte, denn das hatte Mariel uns ja schon erzählt.

»Hat sie auch geschrieben, warum?«, fragte ich dann.

»Ja, das hat sie. Allerdings sind die Gründe für ihr Handeln nur schwer zu begreifen«, erwiderte Margarethe von Helsing. »Celia und du, ihr seid damals in einem Abstand von nur dreizehn Minuten zur Welt gekommen. Ihr hattet beide kaum Haare auf dem Kopf und wie fast alle Neugeborenen blaue Augen. Ihr müsst euch sehr ähnlich gesehen haben. Ja, und da unsere Familie und die Firmen damals schon recht bekannt waren, kam diese verrückte Frau auf die Idee, Schicksal zu spielen. Sie fand es wohl ungerecht, dass manche Menschen sozusagen von Geburt an wohlhabend sind, und wollte einem Kind aus weniger begüterten Verhältnissen eine Chance auf ein besseres Leben verschaffen.«

»Hab ich doch gesagt«, brummte Mariel. »Total bescheuert.«

Mama nickte und seufzte. Sie sah zuerst mich an und dann Celia. »Jedenfalls hat sie dann doch irgendwann das schlechte Gewissen geplagt, aber sie konnte sich erst Jahre später dazu durchringen, deinen Eltern diesen Brief zu schreiben. Dabei wäre es nach so langer Zeit vielleicht sogar besser gewesen, wenn …« Sie biss sich auf die Unterlippe und senkte den Blick.

Bernhard von Helsing rutschte unruhig auf seinem Stuhl hin und her. Schließlich räusperte er sich und sagte:

»Wie ihr euch sicher vorstellen könnt, hat uns diese

Geschichte sehr aufgewühlt. Wir wollten herausfinden, in welcher Familie Celia eigentlich aufgewachsen wäre… Und natürlich wollten wir Philippa kennenlernen.«

Sein Blick ruhte auf mir, und endlich wusste ich, von wem ich meine ungewöhnliche Augenfarbe geerbt hatte – glücklich machte mich das allerdings nicht. Hastig sah ich zu Frau von Helsing, in deren Gesicht ich beruhigenderweise bisher keine Ähnlichkeit zu mir entdeckt hatte.

Noch immer konnte ich kaum fassen, dass das wirklich meine Geschichte sein sollte. Meine und Celias. Sie und ich zitterten am ganzen Körper, und es war ein gutes Gefühl, dass Mariel auf der anderen Seite von mir saß und ich ihre warme Hand in meiner spürte.

»Ich habe herausgefunden, wo du lebst und dass dein Vater als Taxifahrer arbeitet«, fuhr Frau von Helsing unterdessen an mich gerichtet fort. »Ich habe die beiden Fahrten, von denen er dir erzählt hat, organisiert und ihm das Jobangebot gemacht, weil ich dachte, dass es gut wäre, wenn wir alle möglichst nah beieinander wohnen.« Sie machte eine kleine Pause, lächelte mich kurz an und wandte sich dann Celia zu. »Und es *war* gut… zumindest, was mich betrifft. Denn als ich erkannte, wie ungezwungen Philippa, Krister und Josefine aufwachsen und wie viel Zutrauen ihre Eltern in sie haben, wurde mir klar, dass ich immer zu streng mit dir gewesen bin. Der Gedanke, dass du unter anderen Umständen ganz andere Möglichkeiten gehabt hättest, hat mich innerlich fast zerrissen.«

Celia umklammerte meine Hand jetzt so fest, dass ihre Fingernägel sich in meine Haut bohrten. Ich zuckte zusammen und sie lockerte erschrocken ihren Griff.

»Aber Sie haben doch Frau Ndiaye aufgenommen und sich darum bemüht, dass Celia Kontakt zu … ähm, normalen Kindern bekommt«, sagte ich zu Frau von Helsing.

Celias Mutter nickte. »Allerdings habe ich auch hier einen Fehler gemacht, nämlich den, Frau Ndiaye zu überreden, Ayo und Nneka ebenfalls auf die Privatschule zu schicken. Viel besser wäre es nämlich gewesen, alle drei zusammen auf einem ganz normalen staatlichen Gymnasium anzumelden. Celia hat sich in ihrer Schule doch ohnehin nicht wohlgefühlt.« Sie schüttelte resigniert den Kopf. »Aber auch das habe ich leider viel zu spät gemerkt.«

Ich schaute zu Celia und sah, dass sie ihren Kopf gesenkt hatte. Tränen tropften auf ihre Jeans und bildeten dort große dunkle Punkte.

»Es tut mir so leid«, sagte Frau von Helsing leise. »Ich habe mir gewünscht, dass es ein Geheimnis bleibt, weil ich unsere Familien nicht auseinanderreißen wollte. Dein Vater war anderer Ansicht, aber das weißt du … wisst ihr … inzwischen ja alles.«

»Als wir vorhin feststellten, dass ihr verschwunden seid, haben wir Nneka und Ayo in die Mangel genommen«, setzte Celias Vater hinzu. »Es hat eine Weile gedauert, bis sie mit der Sprache herausrückten. Tja, und nachdem wir dann wussten, dass ihr hier in der

Wohnung in Sicherheit seid, ging es erst einmal darum, zusammen mit Philippas Eltern nach einer Lösung zu suchen.«

Oh Gott, jetzt wurde es ernst! Vor lauter Angst vergaß ich das Atmen. Angespannt starrte ich auf meine Knie und wartete darauf, was nun kam.

»Ihr wollt uns austauschen, stimmt's?«, sagte Celia, und ihre Stimme klang schrecklich piepsig.

»Nein!«, riefen Mama und Papa gleichzeitig. »Auf gar keinen Fall!«

Zum zweiten Mal innerhalb einer Stunde stand mein Gehirn in Flammen. Ich schoss von der Bank hoch und flog Mama in die Arme.

»Wir haben Philippa sehr gern«, sagte Frau von Helsing. »Aber ein Leben ohne dich, Celia, können wir uns nun wirklich nicht vorstellen.«

Ein tiefer Schluchzer brach aus Celia hervor, dann sprang auch sie auf und warf sich ihrer Mutter um den Hals. Herr von Helsing legte seiner Frau eine Hand in den Nacken und streichelte mit der anderen zärtlich durch Celias Haare. Und auch Papa hatte sich inzwischen neben Mama und mich gehockt und umarmte uns beide ganz fest.

Mein Herz hüpfte und tanzte, und am liebsten hätte ich laut herausgejubelt, aber dann sagte Mariel plötzlich: »Der Kakao ist mittlerweile übrigens eiskalt.«

Im Sommer danach

Die Nachmittagssonne leuchtet warm vom strahlend blauen Himmel herab und ein lauer Wind lässt die Blätter der Kastanie leise rascheln. Der Innenhof ist mit bunten Lampions geschmückt. Zwei mit orangerotem Krepp verkleidete Tapeziertische dienen als Buffet. Margarethe und Frau Ndiaye haben bereits die ersten Kuchen und Salate darauf verteilt, und Krister, Josi und der Kuschelmuschelhase versuchen mit Feuereifer, Limette daran zu hindern, von all den Köstlichkeiten zu naschen. Papa und Bernhard bestücken derweil die freie Fläche zwischen Buffet und Kastanie mit Tischen und Stühlen, und Ayo und Nneka begleiten das Treiben mit rhythmischem Trommelspiel auf ihren Kongas, die sie im Vorjahr zu Weihnachten bekommen haben.

Meine Mutter steht in der offenen Tür zu unserer neuen Wohnküche, die vor einem Jahr noch Herrn Lummes Schusterwerkstatt war, und winkt Celia, Mariel und mich zu sich.

»Na los, Mädchen, schafft Teller und Besteck raus. Nicht mehr lange und die ersten Gäste kommen!«

Ich wette, du hast es erraten: Der 8. August ist Celias und mein Geburtstag. Inzwischen sind wir nicht mehr fast zwölf, sondern glatte dreizehn. Hinter uns liegt ein turbulentes Jahr voller wunderbarer Ereignisse. Das Unglücklichste und Glücklichste zugleich daran war, dass Herr Lumme am selben Tag, an dem Celia und ich von der Gartenparty verschwanden, von der Leiter gefallen ist, als er eine neue Glühbirne in seine Wohnzimmerlampe schrauben wollte. Dabei hat er sich ganz blöd die Hand gebrochen und kann seither die Finger nicht mehr richtig bewegen. Er musste seine Schusterwerkstatt aufgeben, und da haben meine Eltern einfach beschlossen, die Räumlichkeiten dazuzumieten und wieder in die Marillenstraße zurückzuziehen.

Josi und Krister waren natürlich erst mal ziemlich knatschig, weil sie es bei den von Helsings viel schöner fanden, aber schon bald mussten auch sie einsehen, dass es die beste Entscheidung war, die Mama und Papa je getroffen haben.

Wir alle liebten die Marillenstraße, und da mein Vater jetzt mehr Geld verdiente, konnten wir alles ganz toll ausbauen und renovieren, sodass auch Krister und Josefine hier nun jeder ihr eigenes Zimmer haben.

Die beiden wissen übrigens noch immer nicht, dass Celia ihre echte Schwester ist, aber irgendwann, wenn Josi ein bisschen älter ist, sollen auch sie es erfahren.

Im Moment sind wir einfach alle supergut miteinander befreundet. Ich schlafe ganz oft bei Celia in der Kaiserswerther Villa und sie übernachtet mindestens ebenso häufig hier bei mir. Papa, Mama und die von Helsings duzen sich, allerdings arbeitet mein Vater nicht mehr bei ihnen, sondern besitzt inzwischen zwei Taxis und hat einen zusätzlichen Fahrer eingestellt.

Mit Mariel habe ich mich ausgesprochen, und sie hat inzwischen kapiert, dass sie mir damals – auch schon vor der Sache mit Arletta, Tiffany und Neomi – eine ziemlich unzuverlässige Freundin war. Und im Gegenzug habe ich gelernt, dass es gut ist, alles was mich wurmt, immer direkt anzusprechen.

»Probleme sind wie Unkraut, das ausgerupft werden muss«, sagt Nneka immer. »Sonst wachsen sie einem über den Kopf.«

Jetzt im Nachhinein bin ich total happy, dass mein Leben so durcheinandergeschüttelt worden ist. Wäre die Säuglingsschwester damals nicht auf die irrsinnige Idee gekommen, Celia und mich zu vertauschen, hätten wir uns nie kennengelernt. Ich hätte Nneka nicht getroffen und mich womöglich auch nie mehr mit Mariel versöhnt. Dass wir mittlerweile alle zusammen in eine Klasse gehen, brauche ich wohl nicht zu erwähnen, oder? Es haben sich also all unsere Wünsche erfüllt.

Und ich habe sogar noch einen Extraklecks vom Glück obendrauf bekommen. – Jona!

Mit ihm auf meinem Bett zu liegen und mich Arm in Arm mit ihm durch mein Dachfenster in den Himmel zu träumen, ist nämlich beinahe das Schönste auf der Welt.

Patricia Schröder

Milla & Emilia

Was passiert, wenn eine echte Städterin auf ein richtiges Landei trifft? Es kracht erstmal gewaltig. Milla lebt erst eine Woche auf dem Land, doch von Emilia und ihren total verrückten Ideen hat sie jetzt schon genug. Freundschaft ausgeschlossen? Oh nein! Denn als Milla sich total in einen supersüßen Unbekannten verliebt, da ist Emilia mit den grandiosen Einfällen ihre Rettung – und prompt tauchen gleich mehrere Traumjungs auf, auf die Millas Beschreibung passt ...

Landei mit Liebeskummer
176 Seiten, ISBN 978-3-570-22282-9

Drei Jungs sind einer zu viel
176 Seiten, ISBN 978-3-570-22324-6

Freundinnen und andere Ungeheuer
176 Seiten, ISBN 978-3-570-22356-7

40119

www.cbj-verlag.de

Patricia Schröder

Lilly – Total verrückt und auch ganz anders

224 Seiten, ISBN 978-3-570-15810-4

Die 11-jährige Lilly hat ein großes Herz und sprüht vor verrückten Einfällen. In ihrer Wundersprüchebox sammelt sie Zettel mit allerlei lustigen Sprüchen. Wenn sie mal nicht weiter weiß, schüttelt sie die Box gut durch und zieht einen Zettel. Auf den ersten Blick scheint er zwar nie zu ihrem Problem zu passen, aber auf wundersame Weise verhilft er Lilly doch immer zu einer einzigartigen genialen Lösung. Doch als die neue Mitschülerin Yassi in ihre Klasse kommt wird aus Spaß Ernst. Weil Yassi von allen gehänselt wird und ihr jemand böse Streiche spielt, nimmt Lilly sie unter ihre Fittiche, was Blümchen zunächst gar nicht gefällt. Aber es wäre doch gelacht, wenn nicht auch hier die Wundersprüchebox helfen könnte.

Patricia Schröder

Eine Ginie zum Verlieben

208 Seiten, ISBN 978-3-570-22423-6

Ginie liebt Glitzer über alles – sie kann dieses süße Pailletten-Top unmöglich zurückgeben! Doch ein Dschinn darf Dinge nicht einfach so für sich behalten. Diese Lektion soll das Flaschengeist-Mädchen Ginie endlich lernen, und deshalb wird sie auf die Erde geschickt – in einem Gurkenglas! Wie ober peinlich ... Zum Glück wird Ginie schnell aus ihrem schrecklichen Gefängnis befreit ... von ihrer nichts ahnenden neuen Herrin, der 12-jährigen Ona. Ona ist lustig, cool und eine richtig tolle Freundin. Wenn deren sehnlichster Wunsch nur nicht genau das wäre, wovon auch Ginie heimlich träumt: ein Kuss von Luca, dem süßesten Jungen unter der Sonne! Bald geht schief, was nur schief gehen kann, und Ginie sitzt so richtig in der Patsche ...

40274

cbj

www.cbj-verlag.de